빨강 머리 앤 3

Anne of Green Gables

빨강 머리 앤 3

Anne of Green Gables

루시 모드 몽고메리 지음 | 박혜원 옮김

더모던
Themodern

Anne of
Green Gables

차례

Anne of
Green Gables

16

다이애나를 초대했지만 비극으로 끝나다

초록 지붕 집의 10월은 아름다웠다. 골짜기의 자작나무들은 햇살을 닮은 금빛으로 물들었고, 과수원 뒤편의 단풍나무는 화려한 진홍색을 띠었다. 오솔길을 따라 늘어선 벚나무는 검붉은색과 청동빛 초록색으로 더없이 아름다운 색을 걸쳤다. 추수가 끝난 들판도 햇볕을 쬐고 있었다.

앤은 자신을 둘러싼 빛깔의 세계에 마음껏 빠져들었다.

어느 토요일 아침, 앤이 멋진 나뭇가지를 한아름 들고 춤추듯 들어오며 외쳤다.

"아, 아주머니. 세상에 10월이 있다는 것만으로도 정말 기뻐요. 9월에서 11월로 바로 넘어가 버리면 정말 끔찍하겠죠? 이 단풍나무 가지들 좀 보세요. 막 가슴이 설레지 않으세요? 이 나뭇가지들로 제 방을 꾸밀 거예요."

미적 감각이라곤 그다지 타고나지 못한 마릴라가 말했다.

"지저분하게. 네 방은 온통 밖에서 주워온 것투성이더구나. 침실은 잠자는 곳이야."

"아, 또 꿈을 꾸는 곳이고요, 아주머니. 방에 예쁜 물건이 많으면 훨씬 좋은 꿈을 꿀 수 있잖아요. 이 나뭇가지들은 오래된 파란 항아리에 꽂아서 탁자 위에 둘 거예요."

"그럼 계단 여기저기에 나뭇잎이 떨어지지 않게 조심해라. 난 봉사회 모임이 있어서 오후에 카모디에 갈 거란다. 해가 진 뒤에나 돌아

올 거 같구나. 네가 매슈 아저씨와 제리의 저녁을 챙겨야 하니까, 지난번처럼 까먹지 말고 식탁에 앉기 전에 차부터 끓이거라."

"그땐 잊어버려서 저도 덜컹했어요. 하지만 그날 오후엔 '제비꽃 골짜기'의 이름을 생각하느라 정신이 없어서 다른 생각을 할 수가 없었어요. 매슈 아저씨께 참 고마웠어요. 조금도 혼내지 않으셔서요. 혼만 안 내신 게 아니라 차까지 직접 내리면서 잠깐 기다리면 된다고 하셨어요. 그래서 기다리는 동안 아저씨께 예쁜 요정 이야기를 해 드렸더니 기다리는 시간이 하나도 지루하지 않으시대요. 아름다운 이야기였거든요, 아주머니. 이야기가 어떻게 끝나는지 생각이 안 나서 마지막은 제가 지어냈는데, 매슈 아저씨는 어디까지가 진짜 이야기고 어디서부터 지어낸 이야긴지 모르겠다고 하셨어요."

앤이 변명조로 말했다.

"매슈 오라버니는 네가 한밤중에 일어나 점심을 먹자 해도 괜찮다고 하실 게다. 그래도 이번에는 정신 잘 차리거라. 그리고 말이다, 내가 잘하는 건지 모르겠는데…… 이 얘길 들으면 더 정신 팔리지 않을까 싶다만, 아무튼 낮에 다이애나를 불러서 같이 차를 마시며 놀아도 된단다."

앤이 두 손을 꼭 맞잡았다.

"와, 아주머니! 너무 좋아요! 역시 아주머니도 상상력이 있으셨군요. 그게 아니면 제가 그걸 얼마나 바랐는지 절대 모르셨을 테니까요. 신나기도 하고 어른이 된 기분도 들어요. 손님이 오면 차를 준비하는 걸 잊을 일도 없겠어요. 아, 아주머니. 장미꽃무늬 찻잔 세트를 써도 되나요?"

"그건 안 된다! 장미꽃무늬 찻잔 세트라니! 어디까지 갈 셈이냐? 그건 나도 목사님이 오시거나 봉사회 모임이 있을 때만 쓴다는 걸 알잖니. 갈색 찻잔을 쓰거라. 대신 노란색 단지에 있는 체리잼은 먹어도 된단다. 얼추 먹을 때가 됐어. 맛이 들었을 게야. 과일 케이크도 덜어서 내고 쿠키와 생강 비스킷도 같이 먹으렴."

앤이 황홀한 얼굴로 눈을 감았다.

"탁자 상석에 앉아서 차를 따르는 제 모습이 상상이 돼요. 그러고는 다이애나에게 설탕을 넣겠냐고 묻는 거예요! 당연히 설탕은 넣지 않는다는 걸 알지만, 마치 모르는 것처럼요. 과일 케이크를 한 조각 더 먹으라고 접시를 밀어주고 잼도 더 권하고요. 아, 아주머니, 생각만으로도 신나요. 다이애나가 오면 손님방으로 데려가 모자를 벗으라고 해도 되나요? 그런 다음에 응접실에 앉아도 돼요?"

"안 된다. 너랑 네 손님은 거실이면 되지. 요 전날 밤에 교회 사람들을 대접했던 산딸기 주스가 반병 남았단다. 거실 벽장 두 번째 선반에 있으니까 먹고 싶으면 과자도 내서 오후에 다이애나랑 같이 먹거라. 매슈 오라버니는 배에 실을 감자를 나르느라 아마 차 마시러 느지막이 올 게다."

앤은 골짜기로 한달음에 달려갔다. '드라이어드 샘'을 지나고 가문비나무 숲을 달려 과수원집에 도착한 앤은 다이애나를 초대했다. 마릴라가 카모디로 떠나자마자, 다이애나는 두 번째로 좋은 옷을 입고 초대받은 차 모임에 가기에 딱 좋은 모습으로 찾아왔다. 평소라면 문도 두드리지 않고 부엌으로 뛰어들었겠지만, 이번만큼은 점잔을 빼며 현관문을 두드렸다. 그러자 두 번째로 좋은 옷을 차려입은 앤이 거드름을 피우며 문을 열었고, 두 꼬마 숙녀는 처음 만난 사이처럼 정중하게 악수를 나누었다. 이 어색한 엄숙함은 다이애나가 동쪽 다락방에 모자를 벗어 놓고 거실로 내려와 발을 가지런히 모은 채 10분여 앉아 있는 동안에도 계속됐다.

"어머님은 안녕하시지요?"

앤이 그날 아침 아주 건강하고 활기찬 모습으로 사과를 따던 배리 부인을 만났으면서도 모르는 듯이 예의를 갖춰 물었다.

"네, 아주 잘 지내세요. 고마워요. 커스버트 씨는 오늘 오후에 감자를 싣고 릴리샌즈에 가신다고요?"

그날 아침 매슈의 마차를 타고 하몬 앤드루스의 집에 다녀온 다이애나가 말했다.

"네, 올해는 감자 농사가 아주 잘됐어요. 아버님이 하시는 농사도 잘되길 빌게요."

"저희도 꽤 좋아요. 고마워요. 사과는 많이 따셨나요?"

앤이 점잔 빼는 것도 잊고 자리에서 벌떡 일어났다.

"맞아, 정말 많이 땄어. 우리 과수원에 빨간 사과 따러 가자, 다이애나. 마릴라 아주머니가 나무에 남은 사과는 다 따 먹어도 된다고 하셨어. 아주머니는 정말 너그러우셔. 차를 마실 땐 과일 케이크하고 체리잼도 같이 먹으라고 하셨다니까. 하지만 손님에게 어떤 음식을 내겠다고 미리 말하는 건 예의가 아니니까, 아주머니가 마셔도 좋다고 하신 음료가 뭔지는 안 알려줄 거야. '산' 자로 시작하고, 밝은 빨간색이라는 것만 가르쳐 줄게. 밝은 빨간색 음료는 정말 먹음직스럽지 않니? 다른 색보다 두 배는 더 맛있어."

굵은 나뭇가지들이 땅 위로 늘어질 만큼 열매가 소담스레 열린 과수원이 얼마나 기분 좋은 곳이던지, 두 꼬마 숙녀는 오후 시간 대부분을 그곳에서 보냈다. 두 아이는 포근한 가을 햇살이 따스하게 머물며 서리를 녹여낸 과수원 한쪽, 초록빛 잔디가 드러난 곳에 앉아 사과를 먹으며 맘껏 떠들었다. 다이애나는 학교에서 있었던 일들을 줄줄이 얘기했다.

"거티 파이와 결국 같이 앉게 됐는데 너무

싫어. 거티가 내내 연필로 끽끽 소리를 내서 그 소리를 들을 때마다 소름이 끼쳐. 루비 길리스는 크리크에 사는 메리 조 할머니가 준 마법의 조약돌로 사마귀를 싹 없앤 거 있지. 초승달이 뜰 때 그 돌로 사마귀를 문지른 다음 왼쪽 어깨 너머로 던졌더니 사마귀가 사라졌대. 찰리 슬론이랑 엠 화이트 이름이 현관 벽에 나란히 적혔어. 그 일로 엠 화이트는 엄청나게 화를 냈어. 샘 볼터가 교실에서 필립스 선생님한테 버릇없이 굴어서 회초리를 맞았는데, 샘의 아버지가 학교에 와서 자기 아들한테 한 번만 더 손찌검을 해 보라며 으름장을 놓고 갔어. 매티 앤드루스가 새로 산 빨간 모자를 쓰고 술이 달린 파란색 옷을 입고 와서는 얼마나 뽐내고 다니는지 몰라. 참, 리지 라이트랑 메이미 윌슨은 서로 말을 안 해. 메이미 윌슨의 언니가 남자친구 때문에 리지 라이트네 언니랑 절교했거든. 모두 널 아주 많이 보고 싶어 하고, 네가 학교에 다시 나오길 바라고 있어. 그리고 길버트 블라이드는……."

하지만 앤은 길버트 블라이드 얘기는 듣고 싶지 않았다. 앤은 자리에서 벌떡 일어나 들어가서 산딸기 주스를 마시자고 말했다.

앤은 거실 벽장을 열어 두 번째 선반을 확인했지만 산딸기 주스병은 없었다. 이리저리 찾아 보니 주스병이 선반 맨 위의 저 안쪽에 있었다. 앤은 주스병을 쟁반에 받쳐 큰 컵과 함께 식탁에 놓고는, 예의를 차리며 말했다.

"자, 많이 드세요, 다이애나. 전 지금은 못 마실 것 같아요. 사과를 많이 먹어서 그런지 마시고 싶은 마음이 없네요."

다이애나는 큰 컵 가득 주스를 따른 뒤 밝은 빨간색 음료를 감탄스럽게 쳐다보고는 우아하게 한 모금 마셨다.

"앤, 정말 맛있는 산딸기 주스예요. 산딸기 주스가 이렇게 맛있는 줄 몰랐어요."

"맛있다니 다행이에요. 마음껏 드세요. 전 나가서 불을 살펴봐야 해요. 살림을 하면 정말 할 일이 많답니다. 그렇지 않나요?"

앤이 부엌에서 돌아왔을 때 다이애나는 컵을 가득 채운 주스를 두 잔째 마시고 있었다. 앤이 더 마시라고 하자, 다이애나도 사양하지 않고 세 잔째 주스를 마셨다. 한 컵 가득 따른 양이 제법 많았는데, 산딸기 주스가 확실히 맛있는 모양이었다.

"내가 마셔 본 것 중에 최고야. 린드 아주머니가 아무리 자랑스레 말씀하셔도, 아주머니네 주스보다 이게 훨씬 더 맛있어. 맛이 전혀 달라."

앤이 당연하다는 듯이 말했다.

"마릴라 아주머니가 만든 산딸기 주스가 린드 아주머니가 만든 것보다 훨씬 더 맛있다니까. 마릴라 아주머니 요리 솜씨는 유명하잖아. 요즘 내게 요리를 가르쳐 주시는데, 솔직히 말

하면 다이애나, 너무 어려워. 요리에는 상상할 수 있는 게 거의 없어. 정해진 대로 해야 하니까. 지난번에 케이크를 만들 땐 밀가루 넣는 걸 깜박했지 뭐야. 너랑 내가 나오는 아름다운 이야기를 생각하고 있었거든. 네가 천연두에 걸려 생명이 위태로운데 모두가 널 버리고 떠난 거야. 하지만 난 용감하게 네 옆에 남아서 널 간호하고, 너는 살아나. 그런데 이번엔 내가 천연두에 옮아서 죽고 말아. 난 포플러나무 아래 묘지에 묻히고, 넌 내 무덤가에 장미나무를 심고 눈물로 물을 주는 거야. 그리고 너를 위해 목숨을 바친 어린 시절의 친구를 영영 잊지 못하지. 아, 정말 슬픈 이야기야, 다이애나. 케이크 반죽을 만드는 동안 눈물이 비 오듯 쏟아지더라고. 그러다 밀가루 넣는 걸 깜박해서 케이크를 완전히 망쳤어. 밀가루는 케이크 만들 때 기본이잖아. 마릴라 아주머니는 화가 많이 나셨고 나도 아주머니가 그럴 만하다고 생각해. 아주머니에게 난 골칫덩어리야. 지난주에는 푸딩 소스 때문에 크게 망신을 당하셨어. 화요일 점심에 자두 푸딩을 먹고 나서 푸딩 절반이랑 소스가 한 단지 가득 남았었거든. 아주머니가 나중에 한 번 더 먹을 수 있겠다면서 뚜껑을 덮어서 벽장 선반에 올려놓으라고 하셨어. 다이애나, 나도 뚜껑을 잘 덮으려고 했지. 그런데 단지를 들고 벽장으로 가다가, 수녀가 된 내 모습이 상상이 되는 거야. 물론 난 기독교지만 상상 속에서는 천주교였어. 상처 받은 마음을 감추려고 베일을 쓰고 수도원에 은둔한 거지. 그러다가 푸딩 소스를 덮는 걸 까맣게 잊은 거야. 다음 날 아침에야 그 생각이 나서 벽장으로 달려갔다니까. 근데 다이애나, 푸딩 소스에 쥐가 한 마리 빠져 죽어 있는 거야. 내가 얼마나 놀랐는지 상상도 못할걸! 난 숟가락으로 쥐를 건져서 뜰에 내다 버린 다음에 그 숟가락을 물로 세 번이나 닦았어. 마릴라 아주머니는 우유를 짜느라 밖에 나가 계셔서, 아주머니가 들어오시면 그 소스를 돼지에게 줘도 되는지 물어볼 참이었어. 하지만 아주머니가 들어오셨을 때 난 서리의 요정이 돼서 숲을 지나가며 나무가 원하는 색으로 빨갛고 노랗게 물들여 주는 상상 중이었어. 그 바람에 또 푸딩 소스 일을 까맣게 잊었고, 마릴라 아주머니가 내게 사과를 따오라고 하셨어. 글쎄, 스펜서베일에서 오신 체스터 로스 씨 내외분이 그날 아침에 우리 집에 오셨거든. 그분들은 정말 멋쟁이시잖아. 특히 체스터 로스 아주머니 말이야. 마릴라 아주머니가 점심시간에 나를 부르셨을 땐 식탁을 다 차린 뒤였고, 사람들도 전부 자리에 앉아 있었어. 나는 되도록 예의 바르고 기품 있게 행동하려고 노력했어. 체스터 로스 아주머니가 날 예쁘진 않아도 여자답다고 생각해 주시길 바랐거든. 모든 게 순조로웠어. 그런데 마릴라 아주머니가 한 손에 자두 푸딩을, 다른 한 손에는 따뜻하게 데운 푸딩 소스 단지를 들고 오시는 거야. 다이애나, 그 순간이 얼마나 끔찍하던지. 모든 기억이 떠오르면서 난 자리에서 벌떡 일어났어. 그러고는 아주머니에게 그 푸딩 소스는 먹으면 안 된다고, 쥐가 그 안에 빠졌었는데 말씀드린다는 걸 깜박 잊었다고 소리치고 말았어. 아, 다이애나, 백 살까지 산다고 해도 그 끔찍했던 순간을 잊지 못할 거야. 체스터 로스 아주머니가 그냥 날 쳐다보기만 한 건데도 너무 창피해서 몸이 마루 밑으로 꺼지는 기분이었어. 그 아주머니는 진짜 완벽한 가정주부인데 우리를 어떻게 생각했겠어. 마릴라 아주머니는 얼굴이 불타오르듯이 새빨개지셨지만 그 자리에선 한 마디도 하지 않으셨어. 푸딩이랑 소스는 그냥 들고 나가시고 딸기잼을 가져오셨더라고. 내 그릇에도 조금 덜어 주셨지만 난 요만큼도 목으로 넘어가지 않았어. 머리 위에 불붙은 석탄 더미를 얹고 있는 느낌이었거든. 체스터 로스 아주머니가 가신 뒤에 마릴라 아주머니한테 꾸중을 심하게 들었어. 어, 다이애나, 너 왜 그래?"

다이애나가 비틀비틀하며 일어섰다. 그러고는 다시 자리에 앉아 두 손으로 머리를 감싸며 잠긴 목소리로 말했다.

"나…… 속이 너무 안 좋아. 집에…… 집에 가야겠어."

"아, 차도 마시지 않고 집에 갈 순 없어. 지금 당장 가져올게. 가서 바로 차를 내릴게."

앤이 비명을 지르듯 얘기했다.

"나 집에 갈래."

다이애나가 멍하니 고집스럽게 같은 말을 되풀이했다.

"그래도 점심은 먹고 가. 과일 케이크랑 체리잼을 가져올게. 소파에 잠깐 누워 있으면 괜찮아질 거야. 어디가 안 좋은 거야?"

앤이 애원했다.

"나 집에 갈래."

다이애나는 오로지 가겠다는 말뿐이었다. 앤이 매달려도 소용없었다.

"차도 안 마시고 가는 손님이 어디 있어. 아, 다이애나, 진짜로 천연두에 걸린 게 아닐까? 만약 그렇다면 내가 널 돌봐 줄게. 정말이야. 난 널 버리지 않아. 하지만 제발 차는 마시고 가면 좋겠어. 어디가 아파?"

"너무 어지러워."

아닌 게 아니라 다이애나는 정말 비틀비틀 걸었다. 앤은 실망감에 눈물을 글썽이며 다이애나에게 모자를 가져다주고 배리 씨네 마당 울타리까지 바래다주었다. 그러고는 눈

물을 흘리며 초록 지붕 집으로 돌아와, 슬픔에 잠겨 남은 산딸기 주스를 벽장 제자리에 넣고는 시무룩하게 매슈와 제리가 마실 차를 준비했다.

이튿날은 일요일이었고, 아침부터 저녁까지 비가 억수같이 쏟아졌기 때문에 앤은 초록 지붕 집에서 한 발짝도 나가지 못했다. 월요일 오후에 마릴라는 앤에게 린드 부인의 집에 다녀오라고 심부름을 보냈다. 얼마 되지 않아 앤은 두 뺨에 눈물을 흘리며 오솔길을 달려 집으로 돌아왔다. 부엌으로 들어온 앤은 소파 위로 쓰러져 얼굴을 묻었다.

마릴라가 깜짝 놀라 혹시나 하며 물었다.

"이번엔 대체 무슨 일이니, 앤? 또 린드 부인에게 버릇없이 군 건 아니겠지?"

앤이 더 큰 소리로 서럽게 울었다.

"앤 셜리, 질문을 하면 대답을 해야지. 당장 바로 앉아서 왜 우는지 말하거라."

앤이 몸을 일으켜 앉았다. 앤은 비극 그 자체인 모습으로 울먹였다.

"린드 아주머니가 오늘 배리 아주머니를 만나셨는데, 배리 아주머니가 굉장히 화가 나셨대요. 토요일에 제가 다이애나를 취하게 만들어서 남부끄러운 모습으로 집에 보냈다면서요. 제가 천하에 몹쓸 아이라고, 다이애나와 절대로 다시는 못 놀게 하겠다고 하셨대요. 아, 마릴라 아주머니, 너무 괴롭고 슬퍼요."

마릴라가 놀라서 멍하니 앤을 쳐다보다가, 간신히 목소리를 가다듬고 물었다.

"다이애나를 취하게 하다니! 앤, 네가 정신이 나간 거니, 배리 부인이 이상한 거니? 도대체 다이애나한테 뭘 준 게야?"

"산딸기 주스밖에 안 줬어요. 전 산딸기 주스가 사람을 취하게 하는 줄 정말 몰랐어요, 아주머니. 다이애나가 큰 컵으로 세 잔 가득 마시긴 했는데. 아, 마치…… 마치…… 토머스

아저씨 같았어요! 하지만 전 다이애나를 취하게 하려던 게 아니었단 말이에요."

앤이 흐느껴 울었다.

"취하다니, 말도 안 돼!"

마릴라가 거실 벽장으로 걸어갔다. 그런데 선반에 3년쯤 전에 마릴라가 직접 담근 포도주병이 있었다. 에이번리에서 마릴라는 포도주를 잘 담그기로 유명했는데, 배리 부인처럼 종교적으로 엄격한 몇몇 사람들은 집에서 포도주 담그는 것을 강력하게 반대했다. 포도주병이 눈에 들어온 순간, 마릴라는 산딸기 주스를 벽장이 아니라 지하실에 가져다 놓은 사실이 떠올랐다.

마릴라는 포도주병을 들고 부엌으로 돌아왔다. 자기도 모르게 웃음이 나와 얼굴이 실룩거렸다.

"앤, 아무래도 넌 말썽을 일으키는 데 천재로구나. 다이애나한테 산딸기 주스가 아니라 포도주를 줬어. 맛이 다르지 않든?"

"저는 마시지 않았어요. 전 그게 주스인 줄 알았어요. 전 정말…… 정말 대접을 잘하고 싶었어요. 그런데 다이애나가 너무 아파해서 집에 갈 수밖에 없었어요. 배리 아주머니는 다이애나가 형편없이 취했다고 그러셨대요. 다이애나한테 왜 그러냐고 물어보니까 바보처럼 실실 웃기만 하다가 잠이 들어서는 몇 시간 동안 일어나지도 못했다는 거예요. 숨 쉴 때 냄새를 맡아 보고 술을 마신 줄 아셨대요. 다이애나는 어제 하루 종일 머리가 깨질 듯이 아팠대요. 배리 아주머니는 화가 단단히 나셨고요. 아주머니는 제가 일부러 그랬다고 생각하실 거예요."

"욕심 부려서 세 잔이나 마신 다이애나도 벌을 좀 받아야겠구나. 주스라도 큰 컵으로 세 잔이나 마셨다면 탈이 났을 게다. 아무튼 포도주를 만든다고 나를 못마땅해 하던 사람들한테는 좋은 얘깃거리가 되겠구나. 목사님이 반대하셔서 지난 3년간 만들지도 않았는데 말이다. 그 포도주는 아플 때 쓰려고 보관하던 거였어. 자, 자, 얘야, 울지 마라. 일이 이렇게 돼서 안됐지만 네 탓이 아니야."

마릴라가 퉁명스럽게 말했다.

"울지 않을 수가 없어요. 마음이 너무 아파요. 저 하늘에 떠 있는 별들도 제가 행복한 게 싫은가 봐요, 아주머니. 다이애나와 저는 영영 이별이에요. 아, 아주머니, 처음 우정의 맹세를 할 땐 이런 일이 있을 거라곤 상상도 못했어요."

"바보 같은 소리 마라, 앤. 배리 부인도 네 잘못이 아니란 걸 알면 생각이 바뀔 게다. 지금 배리 부인은 네가 유치한 장난 같은 걸 쳤다고 생각하는 게지. 오늘 저녁에 네가 직접 가서 자초지종을 설명하는 게 좋겠구나."

"화가 많이 났을 다이애나 어머니를 만날

용기가 안 나요. 아주머니가 대신 가 주시면 좋겠는데. 아주머니가 저보다 훨씬 위엄 있잖아요. 제 말보다 아주머니 이야기를 더 잘 들어 주실 거예요."

앤이 한숨을 쉬었다.

마릴라도 그게 더 현명한 방법일 것 같았다.

"그래, 그러마. 이제 그만 울어라, 앤. 잘 해결될 거야."

그러나 과수원집에 다녀오는 길에, 다 괜찮을 거라던 마릴라의 생각은 바뀌어 있었다. 앤은 현관문 앞까지 뛰어나와 마릴라를 맞았지만, 마릴라의 표정을 보고 슬픔에 젖은 목소리로 말했다.

"아, 아주머니, 아무 소용이 없었던 거군요. 배리 아주머니가 절 용서하지 못하시겠대요?"

"배리 부인도 그렇지! 그렇게 말이 안 통하는 사람은 내 평생 처음이다. 내가 찾아가서 전부 실수였고 네 탓이 아니라고 그렇게 말했는데도 믿지 않더구나. 게다가 내 포도주까지 계속 들먹이지 않겠니. 포도주가 몸에 해로운 게 아니라고 그렇게 얘기를 해도 말이다. 뭐든 큰 컵으로 한 번에 세 잔씩이나 마시는 게 아니라고, 나라면 어린애가 그렇게 식탐을 부리면 볼기짝이라도 때려서 정신 들게 만들었을 거라고 분명히 말해 줬다."

마릴라가 톡 쏘듯 내뱉고는, 여전히 마음이

가라앉지 않은 듯 부엌으로 쑥 들어가 버렸다. 현관에는 어쩔 줄 몰라 하는 어린 영혼만 덩그러니 남았다. 앤은 이내 모자도 쓰지 않고 쌀쌀한 가을 황혼 속으로 걸어갔다. 마음을 단단히 먹은 듯 쉬지 않고 걸어, 클로버가 시든 들판을 지나 통나무 다리를 건너 서쪽 숲 위에 나지막이 걸린 창백한 달빛을 받으며 가문비나무 숲을 올랐다. 배리 부인은 조심스러운 노크 소리에 문을 열었고, 문 앞에는 파랗게 질린 입술에 간절한 눈빛을 한 앤이 서 있었다.

배리 부인의 얼굴이 딱딱하게 굳어졌다. 배리 부인은 선입견이 강하고 싫은 게 분명한 사람이었고, 화가 나면 차갑고 무뚝뚝하게 변해서 좀처럼 화를 풀지 않았다. 배리 부인은 앤이 악의를 갖고 순전히 고의로 다이애나를 취하게 만들었다고 진심으로 믿었다. 그래서 자신의 어린 딸이 그런 아이와 더 가까이 지내다 물들까 봐 걱정이 이만저만이 아니었다.

"무슨 일이니?"

배리 부인이 쌀쌀맞게 물었다. 앤은 두 손을 꼭 모아 쥐었다.

"아, 배리 아주머니, 제발 저를 용서해 주세요. 다이애나를 취하게 하려던 건 아니었어요. 제가 어떻게 그러겠어요? 아주머니가 친절한 분들에게 입양된 고아인데 세상에서 단 하나밖에 없는 마음의 친구를 만났다고 생각해 보세요. 그 애를 일부러 취하게 만드시겠어요? 전 그게 산딸기 주스인 줄 알았어요. 산딸기 주스라고 철석같이 믿었다고요. 아, 제발 다이애나랑 놀지 말라는 말씀은 더는 하지 말아 주세요. 그렇지 않으면 제 인생은 고통이란 먹구름에 뒤덮이고 말 거예요."

마음씨 좋은 린드 부인이라면 눈 깜짝할 새에 마음이 누그러졌을 이 연설은 배리 부인을 더 자극할 뿐이었다. 배리 부인은 앤의 과장된 표현과 극적인 몸짓을 의심스럽게 바라보며 아이가 자기를 놀린다고 생각했다. 배리 부인은 인정머리 없이 차갑게 말했다.

"넌 다이애나에게 어울리는 친구가 아닌 것 같구나. 집에 돌아가거라. 앞으로는 문제 일으키지 말고."

앤의 입술이 파르르 떨렸다.

"다이애나와 마지막으로 만나서 작별 인사를 하는 것도 안 되나요?"

앤이 애원했다.

"다이애나는 아버지를 따라 카모디에 갔다."

배리 부인은 안으로 들어가며 문을 닫아 버렸다.

앤은 절망감에 푹 가라앉아 초록 지붕 집으로 돌아왔다.

"제 마지막 희망이 사라졌어요. 제가 가서 배리 아주머니를 직접 만났는데, 아주머니는 절 굉장히 무례하게 대하셨어요. 아주머니, 배리 아주머니는 예의를 아는 분이 아닌 것 같아요. 이제 제가 할 수 있는 일은 기도뿐이에요. 기도를 해도 별 소용은 없을 것 같지만요. 하느님이라 해도 배리 아주머니처럼 고집불통인 사람은 어쩌지 못할 거 같거든요."

"앤, 그런 말을 하면 안 된다."

마릴라는 앤을 꾸짖으며 웃음이 터져 나오려는 것을 겨우 꾹 참았지만 좀처럼 웃음기가 가시지 않아 곤혹스러웠다. 그러고는 그날 밤 매슈에게 앤이 겪고 있는 시련에 대해 이야기할 때에야 실컷 웃을 수 있었다.

하지만 잠자리에 들기 전 동쪽 다락방에 슬쩍 들어가 울다 잠든 앤을 들여다보는 마릴라의 얼굴에는 전에 없던 다정함이 묻어났다.

"가여운 것."

마릴라는 눈물로 얼룩진 아이의 얼굴에서 머리카락을 떼어 주며 중얼거렸다. 그러고는 베개 위로 몸을 숙여 발그레한 뺨에 입을 맞추었다.

17

인생의 새로운 재미

다음 날 오후, 부엌 창가에서 몸을 숙이고 조각보를 깁던 앤은 우연히 창밖을 내다보다가 다이애나가 알 수 없는 손짓을 하며 '드라이어드 샘' 옆을 내려오는 모습을 보았다. 자리를 박차고 일어나 골짜기를 향해 달음박질치는 앤의 눈에는 희망과 놀라움이 고스란히 담겨 있었다. 그러나 풀이 죽은 다이애나의 얼굴을 보자 희망은 사라져 버렸다.

앤이 목멘 소리로 말했다.

"어머니가 아직 화가 풀리지 않으셨구나?"

다이애나가 슬픈 얼굴로 고개를 끄덕였다.

"응. 그리고 앤, 너랑 다시는 놀지 말래. 네 잘못이 아니라고 울며불며 말했지만 아무 소용이 없었어. 여기 온 것도 너한테 마지막 인사를 할 시간은 달라고 사정사정해서 겨우 허락을 받은 거야. 딱 10분만 주겠다고 하셨고, 지금 시간을 재고 계셔."

"10분이면 영원한 작별 인사를 하기에는 너무 짧아. 아, 다이애나, 더 좋은 친구가 생겨서 너와 함께하게 되더라도 네 어린 날의 친구인 나를 잊지 않겠다고 진심을 다해 약속해 줄래?"

앤이 울먹였다. 다이애나도 흐느껴 울었다.

"꼭 그렇게 할게. 그리고 마음의 친구는 이제 사귀지 않을 거야. 사귀고 싶지 않아. 너만큼 사랑하는 친구는 만날 수 없을 거야."

"아, 다이애나. 너 나를 사랑하니?"

앤이 두 손을 모아 잡으며 소리쳤다.

"그럼, 당연히 사랑하지. 몰랐단 말이야?"

앤이 길게 숨을 골랐다.

"몰랐어. 좋아한다고는 물론 생각했지만 나를 사랑할 줄은 꿈에도 몰랐어. 어머, 다이애나, 누군가가 나를 사랑할 거란 생각은 한 번도 안 해봤어. 내 기억 속엔 누가 나를 사랑한 적이 없었거든. 아, 정말 멋져! 이건 네가 없는 캄캄한 길을 영원히 비춰 줄 한 줄기 빛이야, 다이애나. 아, 한 번 더 말해 줄래?"

"나는 너를 진심으로 사랑해, 앤. 앞으로도 항상 그럴 거고, 그건 믿어도 돼."

다이애나가 마음을 다해 말했다.

앤이 엄숙하게 손을 내밀었다.

"나도 그대를 영원히 사랑하겠소, 다이애나. 이 시간 뒤로 그대와의 추억은 우리가 마지막으로 함께 읽은 책처럼 나의 외로운 인생에 별처럼 빛날 것이오. 다이애나, 내가 영원토

록 소중히 간직할 수 있도록 이별에 앞서 그대의 칠흑 같은 긴 머리카락 몇 올을 주시겠소?"

감정을 자극하는 앤의 말투에 다이애나는 다시금 눈물을 흘렸다. 그러다가 눈물을 훔치면서 현실로 돌아와 물었다.

"뭐 자를 만한 거 있니?"

"응. 마침 앞치마 주머니에 조각보를 만들 때 쓰던 가위가 있어."

앤은 엄숙한 자세로 곱슬곱슬한 다이애나의 머리칼을 조금 잘랐다.

"잘 지내시오, 내 사랑하는 친구여. 이후로 우리는 곁에 있으면서도 낯선 이처럼 살아야 하오. 그러나 나의 마음은 영원히 변치 않을 것이오."

앤은 그 자리에 서서 멀어지는 다이애나를 지켜보며 다이애나가 뒤를 돌아볼 때마다 손을 흔들었다. 그러고는 집으로 돌아왔다. 이 낭만적인 이별은 한동안 적잖이 위안이 되었다.

앤이 마릴라에게 전했다.

"다 끝났어요. 전 다른 친구는 절대 사귀지 않을 거예요. 전 지금 어느 때보다 더 비참해요. 여긴 케이티 모리스도, 비올레타도 없으니까요. 그 애들이 있다 해도 예전 같진 않아요. 진짜 친구를 사귀고 나니 왠지 상상 속의 친구들에겐 만족이 안 되나 봐요. 다이애나와 전 샘 옆에서 정말 감동적인 작별을 나눴어요. 저에겐 영원히 경건한 기억으로 남을 거예요. 제 생각에 가장 슬프고 애처로운 표현들을 고르고 골라 다이애나를 '그대'라고 불렀어요. '그대'라고 하면 '너'라고 하는 것보다 훨씬 더 낭만적으로 들리는 것 같아요. 다이애나가 제게 머리카락을 조금 잘라서 줬는데, 전 그걸 작은 주머니에 꿰매어 넣고 평생 목에 걸고 다닐 거예요. 머리카락은 저와 함께 묻어 주세요. 전 그렇게 오래 못 살 거 같거든요. 제가 싸늘하게 죽어서 누워 있는 걸 보시면 어쩌면 배리 아주머니도 후회하시고 다이애나를 제 장례식에 보내 주실지도 몰라요."

"그렇게 재잘대는 걸 보니 슬퍼서 죽을 걱정은 없겠구나, 앤."

마릴라가 야박하게 말했다.

다음 월요일, 앤은 책이 든 바구니를 한 팔에 끼고 입술을 일자로 다문 얼굴로 방에서 내려와 마릴라를 놀라게 했다.

앤은 망설임 없이 딱 잘라 말했다.

"다시 학교에 가겠어요. 친구와 그렇게 가혹하게 갈라지고 나니, 이제 제 인생에 남은 건 그것밖에 없어요. 학교에 가면 다이애나도 볼 수 있고 지난날도 혼자 생각할 수 있잖아요."

마릴라는 상황이 이렇게 전개되어 기뻤지만 기쁜 마음을 감추며 말했다.

"수업 내용이나 셈을 생각하는 게 더 나을 게다. 다시 학교에 가면 석판으로 남의 머리를 때리거나 딴짓하다 혼났단 소리는 더 듣지 않게 해 다오. 얌전히 행동하고 선생님 말씀 잘 듣고."

"모범생이 되도록 노력할게요. 별로 재미는 없을 거 같지만요. 필립스 선생님이 미디 앤드루스는 모범생이라고 하셨는데, 그 애는 생기나 상상력 같은 게 하나도 없거든요. 그냥 멍하고 굼떠 보이는 데다 뭘 즐겁게 하는 걸 못 봤어요. 하지만 저도 기분이 우울해서 지금은 그렇게 될 거 같아요. 길을 빙 둘러 가야겠어요. '자작나무 길'을 혼자 걷는 건 견디기 힘들 거예요. 그 길을 혼자 걸으면 마음이 아파서 펑펑 울고 말 거예요."

앤이 시무룩하게 대답했다.

앤이 학교로 돌아오자, 친구들은 두 팔 벌려 반갑게 맞았다. 아이들은 놀 때는 앤의 상상력을, 노래할 때는 앤의 목소리를, 점심시간에 큰 소리로 책을 읽을 때는 앤의 연극적인 재능을 많이 그리워했다.

루비 길리스는 성서 낭독 시간에 앤에게 파란 자두 세 개를 몰래 건넸고, 엘라 메이 맥퍼슨은 꽃 장식 카탈로그 표지에서 오린 커다란 노란 팬지 사진을 주었다. 에이번리 학교에서 책상을 꾸미는 용도로 인기가 많은 것이었다. 소피아 슬론은 앞치마 가장자리 장식에 꼭 맞는, 새롭고 우아한 레이스 문양을 뜨개질하는 법을 가르쳐 주겠다고 나섰다. 케이티 볼터는 석판용 물통으로 쓸 수 있는 향수병을 주었고, 줄리아 벨은 가장자리가 물결 모양인 연분홍색 종이에 시를 정성 들여 적어 주었다.

앤에게

황혼의 커튼이 내리고
별 하나 그 위에 걸릴 때
기억하라, 너에게는 친구가 있음을
비록 먼 길을 방랑하고 있을지라도

"인정받는 건 정말 기분 좋은 일이에요."

그날 밤 앤은 마릴라에게 기쁨에 들떠 탄성을 질렀다.

앤을 '인정'한 사람은 여학생들만이 아니었다. 필립스 선생님의 지시대로 모범생 미니 앤드루스 옆자리에 앉게 된 앤이 점심시간이 끝난 뒤 자리로 돌아가자, 책상 위에 크고 먹음직스러운 '스트로베리종 사과'가 있었다. 앤이 사과를 집어 한 입 베어 먹으려던 찰나, 에이번리에서 그런 종의 사과가 열리는 곳은 '반짝이는 호수' 맞은편에 있는 블라이드 씨네 오래된 과수원뿐이란 생각이 떠올랐다. 앤은 뜨겁게 달아오른 석탄 조각이라도 만진 듯 사과를 떨어뜨리더니 손수건을 꺼내 보란 듯이 손가락을 닦았다. 사과는 다음 날 아침까지도 앤의 책상 위에 그대로 있다가, 학교를 청소하고 불 지피는 일을 하는 어린 티머시 앤드루스가 부수입으로 챙겨 갔다.

찰리 슬론은 점심시간이 지난 뒤 빨갛고 노란 줄무늬 종이로 화려하게 장식한 석필을 주었다. 보통 연필은 1센트였지만 그 석필은 2센트였다. 앤은 그 석필을 사과보다는 고맙게 받아들였다. 앤이 선물을 정중히 반기며 미소로 화답하자, 앤에게 푹 빠져 있던 소년은 순식간에 천상의 기쁨을 맛보았고, 그 때문에 받아쓰기에서 연거푸 실수를 하는 바람에 필립스 선생님으로부터 방과 후에 남아 다시 쓰라는 벌을 받았다.

카이사르의 행렬은 브루투스의 일격에 스러졌으나
로마 최고의 아들은 더더욱 로마를 기억되게 하리니*

* 바이런(영국 시인)의 시 〈차일드 해럴드의 순례〉 중에서

그러나 위의 시처럼, 거티 파이 옆에 앉아 아무런 인사나 환영의 말도 건네지 않는 다이애나의 빈자리가 더욱 크게 다가와서 앤은 이런 작은 환희들이 쓰라리게 느껴졌다.

"다이애나도 한 번은 저를 보며 웃었을지 몰라요."

그날 밤 앤은 마릴라에게 애처롭게 말했다. 그러나 다음 날 아침 꼬깃꼬깃 꼼꼼하게도 접힌 쪽지와 작은 꾸러미가 앤 앞으로 전달되었다. 앞에 '앤에게'라고 적혀 있었다.

앤에게

엄마가 학교에서도 너랑 놀거나 말하지 말래. 내 뜻이 아니니까 날 원망하지는 말아 줘. 난 너를 변함없이 사랑해. 네게 내 비밀 얘기들을 모두 털어놓을 수 있으면 좋겠어. 그리고 거티 파이는 정말 마음에 들지 않아. 널 주려고 얇은 빨간 종이로 책갈피를 만들었어. 지금 엄청나게 유행인데, 학교에서 이걸 만들 줄 아는 여자애는 세 명밖에 없어. 이걸 볼 때마다 나를 기억해 줘.

너의 진정한 친구
다이애나 배리

앤은 쪽지를 읽고 책갈피에 입을 맞춘 뒤에 재빨리 답장을 써서 맞은편에 앉은 다이애나에게 전달했다.

나의 사랑하는 다이애나에게

당연히 난 널 원망하지 않아. 어머니 말씀을 잘 들어야 하잖아. 그래도 우리의 영혼은 함께할 수 있으니까. 네가 준 소중한 선물은 영원히 간직할게. 미니 앤드루스는 상상력은 없지만 아주 좋은 애야. 하지만 난 다이애나와 '마음의 친구'였기 때문에 미니의 '마음의 친구'가 되진 않을 거야. 맞춤법이 틀렸더라도 이해해 줘. 아직 내가 맞춤법에 서투르잖아. 그래도 많이 좋아졌어.

죽음이 우리를 갈라놓을 때까지 너의 친구 .

앤 또는 코딜리어 셜리

추신 : 오늘 밤 네 편지를 베개 밑에 넣고 잘 거야.

A. 또는 C. S.

마릴라는 앤이 다시 학교에 나가면 또 문제를 일으킬 거라고 비관적으로 생각했는데, 아무 일도 일어나지 않았다. 아마도 미니 앤드루스에게서 '모범생의 기운' 같은 게 앤에게 옮아간 모양이었다. 적어도 그 뒤로 필립스 선생님과는 아주 잘 지냈다. 앤은 열성을 다해 공부에 매진했고, 어떤 과목에서도 길버트 블라이드에게 지지 않겠다고 결심했다. 둘 사이의 경쟁은 누가 봐도 알 수 있는 정도였다. 길버트 쪽에서는 전적으로 선의의 경쟁이었지만, 앤도 그렇다고 하기에는 다분히 염려스러운 측면이 있었다. 앤은 아직도 고집스럽게 억울한 마음을 부여잡고 있었다. 앤은 증오도 사랑만큼 격렬했다.

앤은 길버트를 경쟁 상대로 인정하려 들지 않았다. 자신이 끈덕지게 무시해 온 길버트의 존재를 인정하는 꼴이 되기 때문이었다. 그러나 두 사람은 경쟁했고, 엎치락뒤치락하며 1등 자리를 다투었다. 받아쓰기 수업에서 길버트가 한 번 1등을 하면, 다음번에는 앤이 길게 땋은 빨강 머리를 휘날리며 길버트를 꺾었다. 길버트가 수학 문제를 모두 맞혀 칠판에 이름을 올리면, 다음 날에는 밤새 소수와 씨름을 한 앤의 이름이 쓰였다. 둘이 동점을 받아 이름이 나란히 적히는 끔찍한 날도 있었다. 그건 '주목'에 적히

는 것만큼이나 싫었기 때문에 앤은 굴욕감을 숨기지 않았지만, 길버트는 흐뭇한 표정이 역력했다. 매달 말에 필기시험을 볼 때면 숨 막히는 긴장감이 감돌았다. 첫 달은 길버트가 3점 앞섰다. 그다음 달에는 앤이 5점 차로 이겼다. 그러나 전교생이 보는 앞에서 길버트가 진심으로 축하해 주는 바람에 앤의 승리감은 엉망이 되어 버렸다. 길버트가 패배를 쓰라리게 받아들였다면 앤의 승리는 훨씬 더 달콤했을 텐데.

필립스 선생님은 그다지 좋은 교사가 아니었지만, 앤같이 배움의 열의가 넘치는 학생이라면 선생님이 누구든 실력이 좋아질 수밖에 없었다. 학기 말이 되었을 즈음 앤과 길버트는 나란히 5학년 과정으로 진급하여 라틴어, 기하학, 프랑스어, 대수학 같은 기초 과목을 배우게 되었다. 기하학에서 고전을 면치 못하던 앤이 마릴라에게 하소연했다.

"기하학은 정말 끔찍해요, 아주머니. 도무

지 이해가 안 되고 앞으로도 잘할 수 있을지 모르겠어요. 상상의 여지라곤 조금도 없다니까요. 필립스 선생님이 저같이 못 따라오는 아이는 처음 봤대요. 하지만 길…… 그러니까 다른 아이들은 정말 잘하거든요. 너무 속상해요, 아주머니. 다이애나도 저보다는 잘해요. 하지만 다이애나보다 못하는 건 상관없어요. 비록 지금은 서로 모르는 사이처럼 지내긴 해도, 다이애나는 제게 여전히 사그라지지 않는 사랑이니까요. 가끔 다이애나를 생각하면 아주 슬퍼져요. 하지만 아주머니, 너무 오래 슬픔에 빠져 있기엔 세상이 참 흥미롭지 않나요?"

18

앤이 생명을 구하다

큰 사건에는 언제나 작은 여파들이 뒤따른다. 캐나다 총리가 프린스에드워드 섬을 정치 순방 일정에 넣는 결정은 초록 지붕 집에 사는 어린 앤의 운명과는 아무 상관이 없어 보였다. 하지만 상관이 있었다.

1월 어느 날, 총리가 자신의 충실한 지지자들과, 지지자는 아니어도 주지사를 보러 올 사람들에게 연설을 하려고 샬럿타운에서 대규모 대중 집회를 열었다. 에이번리 사람들은 대부분 정치적으로 총리 편이어서, 집회가 열리는 밤에 거의 모든 남자들과 꽤 많은 여자들이 40킬로미터나 떨어진 샬럿타운으로 갔다. 린드 부인도 그중 하나였다. 린드 부인은 정치에 무척 관심이 많았고, 정치적으로는 총리의 반대편이었지만 자신이 빠진 정치 모임은 있을 수 없다고 생각했다. 그래서 말을 돌봐 줄 남편 토머스를 대동하고 마릴라 커스버트와 함께 길을 나섰다. 마릴라도 내심 정치에 관심이 있었고, 이번이 현직 총리를 볼 처음이자 마지막 기회일지 모른다는 생각에 다음 날까지 집은 앤과 매슈에게 맡기고 길을 나섰다.

마릴라와 린드 부인이 대규모 정치 집회에서 즐거운 시간을 보내는 동안, 앤과 매슈도 초록 지붕 집 부엌에서 유쾌한 한때를 보내고 있었다. 구식 워털루 난로에서 밝은 불이 타올랐고, 파르라니 하얀 서리 결정들이 창에서 반짝거렸다. 매슈는 소파에 앉아 《농민의 지지

자》라는 잡지를 펼쳐 놓고 꾸벅꾸벅 졸았고, 앤은 마음을 단단히 먹고 식탁에 앉아 공부를 하는 듯했지만 자꾸만 시계 선반 위를 힐끔거렸다. 거기에는 그날 제인 앤드루스가 새로 빌려준 책이 놓여 있었다. 제인이 책을 읽는 동안 몇 번이나 손에 땀을 쥐었는지 모르며 멋진 말들도 많이 나온다고 장담한 터라 앤은 얼른 책을 집어 들고 싶어 손가락이 근질거렸다. 하지만 그건 곧 다음 날 길버트 블라이드의 승리를 의미했다. 앤은 시계 선반을 등지고 앉아 책이 그 자리에 없다고 상상하려고 애썼다.

"아저씨도 학교 다닐 때 기하학을 배우셨어요?"

"글쎄다. 아니, 배우지 않았어."

매슈가 깜짝 놀라 선잠에서 깨며 대답했다. 앤이 한숨을 쉬었다.

"배우셨으면 좋았을 텐데. 그럼 제 마음을 이해하셨을 텐데. 배우지 않으셨다면 공감 못하실 거예요. 기하학 때문에 제 인생은 먹구름으로 뒤덮였어요. 전 기하학을 정말 못해요, 아저씨."

매슈가 앤을 달랬다.

"글쎄다. 난 모르겠구나. 난 네가 어떤 일이든 잘한다고 믿는다. 지난 주에 카모디의 블레어네 가게에 갔을 때 필립스 선생님이 그러더구나. 넌 학교에서 가장 똑똑한 학생이고 급속도로 성장하고 있다고 말이야. '급속도로 성장하고 있다'고 선생님이 그렇게 말씀하셨단다. 테디 필립스 선생님이 별로라는 사람들도 있고 교사로서 자질이 부족하다는 말도 있더라만, 난 괜찮아 보이더구나."

매슈는 앤을 칭찬하는 사람이면 누구든 '괜찮은' 사람으로 보았을 것이다. 하지만 앤은 투덜거렸다.

"선생님이 기호만 바꿔 쓰지 않아도 더 잘할 수 있어요. 제가 명제를 외워도 선생님이 칠판에 책이랑은 다른 기호를 쓰시니까 외운 걸 몽땅 헷갈리거든요. 아무리 선생님이라도 그렇게 마음대로 하면 안 되는 거 아니에요? 요즘은 농업을 배우는데, 덕분에 길이 왜 빨간색인지 이제 알게 됐어요. 참 다행이에요. 마릴라 아주머니랑 린드 아주머니는 즐거운 시간을 보내고 계실까요? 린드 아주머니는 상황이 오타와처럼 굴러가면 캐나다가 엉망이 될 거라고, 유권자들이 경각심을 가져야 한다고 하세요. 여자들에게도 투표권이 생기면 세상이 더 좋아질 거라면서요. 아저씨는 어디에 투표하실 거예요?"

"보수당이지."

매슈가 곧바로 대답했다. 보수당에 투표하는 것은 매슈에게 종교와도 같은 문제였다.

앤이 단호히 말했다.

"그럼 저도 아저씨를 따라 보수당 할래요. 정말 다행이에요. 길…… 아니 학교 남자애들

몇 명은 자유당 편이거든요. 필립스 선생님도 자유당일 거 같아요. 프리시 앤드루스의 아버지가 자유당이거든요. 루비 길리스가 그러는데, 남자가 구혼할 때 종교는 여자의 엄마 쪽을 따르고 정치는 여자의 아빠 쪽을 따라야 한대요. 정말이에요, 아저씨?"

"글쎄다. 난 잘 모르겠다."

"아저씨도 구혼하신 적이 있으세요?"

"글쎄다. 아니, 그런 적이 있었는지 어땠는지 모르겠구나."

매슈는 평생 그런 일은 생각해 본 적도 없었다.

앤은 두 손으로 턱을 괴고 곰곰이 생각했다.

"아주 재밌을 거 같지 않나요, 아저씨? 루비 길리스는 어른이 되면 남자친구를 여럿 두고 마음대로 조종해서 전부 자기한테 푹 빠지게 만들 거래요. 그렇지만 전 그건 너무 극단적인 것 같아요. 전 마음이 바른 사람 한 명이면 돼요. 루비 길리스는 언니들이 많아서 그런 문제들에 대해 훤히 알아요. 린드 아주머니도 길리스 씨 댁 딸들은 남자들이 서로 데려가려고 했대요. 필립스 선생님은 거의 매일 저녁 프리시 앤드루스를 만나러 가세요. 선생님은 프리시가 공부하는 걸 도와주러 가는 거라고 하시지만, 미랜더 슬론도 퀸스를 준비하고 있는걸요. 게다가 미랜더 슬론은 프리시보다 머리가 나빠서 도움이 훨씬 더 많이 필요할 텐데, 선생님은 미랜더에게는 한 번도 가질 않으세요. 세상엔 이해가 잘되지 않는 일들이 참 많아요, 아저씨."

"글쎄다. 나도 전부 이해한다고는 할 수 없단다."

매슈도 그 말에 동의했다.

"아무튼 저는 공부를 마저 끝내야 해요. 공부를 다할 때까지는 제인이 새로 빌려준 책을 보지 않을 거예요. 하지만 정말 유혹을 뿌리치기가 힘들어요, 아저씨. 이렇게 등을 돌리고 앉았는데도 저기 책이 있다는 게 생생하게 보여요. 제인은 저 책을 읽고 엄청 울었대요. 전 눈물이 나는 책이 좋아요. 저 책을 잼이 든 거실 벽장에 넣고 열쇠로 잠가야겠어요. 열쇠는 아저씨를 드릴게요. 아저씨, 절대로 제게 열쇠를 주지 마세요. 제가 공부를 다할 때까지요. 무릎 꿇고 사정해도 절대 주면 안 돼요. 그냥 유혹을 이겨내는 게 그럴듯하고 좋지만 열쇠가 없어야 유혹을 이기기가 훨씬 쉽잖아요. 지하실에 내려가서 러셋 사과*를 좀 가져올까요, 아저씨? 드실래요?"

"글쎄다. 잘 모르겠지만 먹어 보자꾸나."

매슈는 러셋 사과를 먹지 않지만 앤이 좋아한다는 것을 알았다.

앤이 한 접시 가득 사과를 담아 기분 좋게 지하실에서 올라오는데, 밖에서 얼어붙은 판

* 영국 및 북미 등지에서 많이 재배하는 사과 품종의 하나

자 위를 뛰어오는 발소리가 들렸다. 다음 순간 부엌문이 홱 열리면서 머리에 숄만 대충 두른 다이애나가 하얗게 질린 얼굴로 뛰어들어왔다. 앤은 깜짝 놀라 손에 들고 있던 촛불과 쟁반을 떨어뜨렸고, 쟁반과 초와 사과는 사다리 밑으로 요란하게 굴러떨어졌다. 다음 날 마릴라가 지하실 바닥의 끈적하게 녹아내린 기름 속에 박혀 있는 쟁반과 초와 사과를 찾아냈고, 그것들을 주워 담으며 집에 불이 나지 않은 게 다행이라고 안도의 한숨을 내쉬었다.

앤이 소리쳤다.

"무슨 일이야, 다이애나? 어머니가 드디어 마음을 푸신 거야?"

"아, 앤, 미니 메이가 많이 아파. 후두염이래. 메리 조가 그랬어. 엄마랑 아빠는 샬럿타운에 가셔서 의사를 부르러 갈 사람이 없어. 미니 메이는 너무 아파 보이는데 메리 조는 아무것도 할 줄 모른대. 아, 앤, 나 너무 무서워!"

다이애나가 벌벌 떨며 애원했다.

매슈는 아무 말 없이 모자와 외투를 챙겨 들고 다이애나를 지나쳐 어두운 뜰로 나갔다.

"매슈 아저씨는 마차를 타고 카모디에 의사를 부르러 가신 거야. 말씀 안 하셔도 난 알아. 매슈 아저씨와 난 마음이 잘 통해서 아저씨가 아무 말씀 안 하셔도 아저씨의 생각을 알 수 있어."

앤이 모자와 재킷을 허겁지겁 걸치며 말했다.

"카모디에 가도 의사는 없을 거야. 블레어 선생님도 샬럿타운에 가셨고, 아마 스펜서 선생님도 가셨을 거야. 메리 조는 후두염에 걸린 사람은 본 적도 없대고, 린드 아주머니도 안 계셔. 아, 앤!"

다이애나가 흐느꼈다.

"울지 마, 다이애나. 후두염이라면 내가 잘 알아. 해먼드 아주머니네에 세쌍둥이가 있었다고 말했지? 세쌍둥이를 돌보다 보면 이런 일

저런 일 다 겪게 되어 있어. 그 애들도 돌아가면서 후두염을 앓았거든. 너희 집엔 없을지 모르니까 토근*즙을 가져올게. 기다려. 자, 이제 가자."

앤은 씩씩하게 말하며 다이애나를 달랬다.

두 아이는 손을 맞잡고 서둘러 집을 나와 '연인의 오솔길'을 지나 얼어붙은 들판을 가로질렀다. 숲속 지름길은 눈이 너무 많이 쌓여 갈 수가 없었다. 앤은 진심으로 미니 메이가 걱정되면서도 이 낭만적인 상황을 마음에 담았다. 그리고 다시 한번 마음의 친구와 이 낭만을 함께 나눌 수 있어서 기뻤다.

서리가 내린 맑고 추운 밤이었다. 눈 쌓인 비탈만이 온통 새까만 어둠 속에서 하얀 은빛이었고, 고요한 들판 위에서 커다란 별들이 반짝였다. 나뭇가지에 눈가루가 흩뿌려진 뾰족

---

* 땀을 내고 가래를 없애는 약효를 가진 식물

뾰족한 전나무들이 검은 그림자처럼 곳곳에 솟아 있었고, 바람은 휙휙 휘파람을 불며 전나무 사이를 스쳐 지나갔다. 이 모든 신비롭고 아름다운 공간을 오랫동안 떨어져 지낸 마음의 친구와 함께 걷는다는 사실이 앤은 참으로 기뻤다.

세 살배기 미니 메이는 정말 많이 아팠다. 열에 들떠 잠들지 못하고 부엌 소파에 누워 있었는데, 그르렁거리는 숨소리가 온 집 안에 울렸다. 크리크 출신의 통통하고 얼굴이 넓적한 프랑스 소녀 메리 조는 배리 부인이 집을 비운 동안 아이들을 돌보기로 했지만, 너무 당황해서 뭘 어떻게 해야 할지 아무런 생각도 못하고 있었다.

앤은 신속하고 능숙하게 일을 시작했다.

"미니 메이는 후두염이 맞아. 지금 상태가 꽤 안 좋지만 난 더 나쁜 경우도 봤어. 우선 더운 물이 많이 필요해. 이런, 다이애나, 주전자에 물이 한 컵 정도밖에 없어! 자, 내가 물을 가득 채웠으니까, 메리 조, 난로에 장작 좀 넣어 줘요. 기분 나쁘게 하고 싶진 않지만, 조금만 생각했어도 이런 일은 미리 할 수 있었을 텐데. 이제 미니 메이의 옷을 벗기고 침대에 눕힐 거니까, 다이애나, 넌 부드러운 천을 찾아 봐. 난 일단 미니 메이한테 토근즙을 먹일게."

미니 메이는 토근즙을 순순히 먹으려고 하지 않았지만 세쌍둥이를 돌본 앤에게 그쯤은 아무것도 아니었다. 불안한 긴 밤을 보내며 앤은 몇 번이고 아이에게 약을 떠먹였고, 앤과 다이애나는 힘들어 하는 미니 메이 곁을 참을성 있게 지키며 아이를 돌봤다. 메리 조도 자신이 할 수 있는 일은 다하고 싶어서, 계속해서 난로에 불을 지피면서 후두염에 걸린 아이들이 입원한 병원에서 쓰는 것보다도 훨씬 더 많은 양의 물을 데웠다.

매슈가 의사와 함께 온 시각은 새벽 3시였

다. 스펜서베일까지 가서야 의사 한 명을 간신히 찾았던 것이다. 그러나 위급한 상황은 지나간 뒤였다. 미니 메이는 상태가 훨씬 좋아져서 곤히 잠들어 있었다. 앤이 의사에게 설명했다.

"너무 절망적이어서 포기할 뻔했어요. 상태가 점점 나빠지더니 해먼드 아주머니네 막내 쌍둥이보다 더 심해졌거든요. 숨이 막혀 죽는 게 아닌가 하는 생각까지 들었어요. 저 병의 토근즙을 한 방울도 남기지 않고 다 먹였어요. 다이애나나 메리 조를 더 걱정시키고 싶지 않아서 말하진 않았지만, 마지막 한 입을 먹이면서 제 마음을 달래느라 혼자 생각했어요. '이게 마지막 남은 희망인데 아무런 소용이 없을까 봐 두려워'라고요. 그런데 3분쯤 지나니까 미니 메이가 기침을 하면서 가래를 뱉어 내더니 좋아졌어요. 얼마나 안심이 됐는지 선생님은 이해하실 거예요. 그때 심정은 말로 다 표현을 못하겠어요. 말로는 표현이 안 되는 것들도 있잖아요."

"그래, 나도 알지."

의사가 고개를 끄덕였다. 의사는 말로 표현이 안 되는 무언가가 있는 것처럼 앤을 쳐다봤다. 하지만 나중에 배리 부부에게 그것을 말로 표현했다.

"커스버트 씨 댁에 있는 빨강 머리 여자아이가 굉장히 영리하더군요. 정말이지 그 애가 아이의 생명을 구했어요. 내가 도착했을 때는 이미 너무 늦을 뻔했거든요. 나이답지 않게 놀랄 만큼 침착하고 재주 있는 아이예요. 아이가 내게 상황을 설명해 주는데, 그런 눈빛은 지금까지 어디서도 본 적이 없다니까요."

앤은 하얗게 서리가 내린 아름다운 겨울 아침에 집으로 돌아왔다. 잠을 못 자 눈꺼풀이 무거웠지만, 멀리 뻗은 하얀 들판을 지나고 동화처럼 반짝반짝 빛나는 단풍나무 터널을 따라 '연인의 오솔길'을 걸으면서 피곤함도 잊은 채 매슈에게 재잘거렸다.

"아, 매슈 아저씨, 정말 근사한 아침이죠? 마치 하느님이 상상한 모습 그대로 세상을 만들어 놓은 거 같지 않으세요? 하느님이 혼자 즐기려고 말이에요. 저 나무들은 꼭 제가 불어서 날려 보낼 수 있을 것 같아요. 후! 하얀 서리가 있는 세상에 살아서 정말 기뻐요. 해먼드 아주머니가 세쌍둥이나 낳은 건 결국 참 잘된 일이었어요. 그 쌍둥이들이 아니었으면 저도 미니 메이를 어떻게 해야 할지 몰랐을 거예요. 해먼드 아주머니가 세쌍둥이를 낳으셨다고 투덜거렸던 게 너무 죄송해요. 그런데 아, 아저씨, 너무 졸려요. 오늘은 학교에 못 가겠어요. 눈이 막 감기는 걸 이제야 알았으니 저도 참 둔하죠. 그래도 집에 있긴 싫어요. 그럼 길…… 다른 아이가 반에서 1등을 차지할 테고, 그걸 따라잡긴 정말 힘들거든요. 물론 힘들면 힘들수록 따라잡았을 때 만족감도 그만큼 크지만요. 그렇죠?"

"글쎄다. 난 네가 잘해낼 거라고 믿는다. 얼른 침대에 가서 푹 자렴. 집안일은 내가 하마."

매슈가 앤의 작고 하얀 얼굴과 눈 밑에 검게 내려온 그림자를 보며 말했다.

앤은 매슈의 말대로 침대로 가서 오래도록 깊이 잠들었다. 눈을 떴을 때는 하얀 눈 위에 장밋빛이 물드는 오후였다. 앤이 부엌에 내려가자, 그사이에 집에 돌아온 마릴라가 뜨개질을 하며 앉아 있었다.

마릴라를 보자마자 앤이 외쳤다.

"총리는 보셨어요? 어떻게 생겼어요, 아주머니?"

"글쎄다. 얼굴만 봐서는 총리처럼 보이지 않더구나. 어떻게 코가 그렇게 생겼는지! 하지만 연설은 잘하더구나. 내가 보수당인 게 자랑스러웠어. 물론 린드 부인은 자유당 쪽이라 총리한테는 도움 될 게 없었지. 네 점심은 오븐

안에 있으니, 앤, 벽장에서 파란 자두잼을 가져다가 같이 먹든지 하려무나. 배도 고프겠구나. 오라버니에게서 지난밤 이야기는 들었다. 네가 방법을 알고 있어서 운이 좋았어. 나라도 어찌해야 할지 몰랐을 거야. 나도 후두염 환자는 본 적이 없거든. 자, 점심을 다 먹기 전에는 아무 말도 마라. 얼굴을 보아하니 하고 싶은 말이 산더미인 모양인데, 조금만 참아라."

마릴라는 앤에게 해 줄 이야기가 있었지만 나중으로 미루었다. 지금 말했다가는 너무 흥분해서 배고픔이나 점심 같은 중요한 문제를 싹 잊어버릴 게 뻔했기 때문이었다. 앤이 파란 자두잼을 비우고 나서야 마릴라가 입을 열었다.

"아까 오후에 배리 부인이 다녀갔단다. 너를 만나고 싶어 했는데 네가 자고 있어서 안 깨웠단다. 네가 미니 메이의 생명을 구했다면서, 포도주 사건 때 네게 그런 식으로 행동해서 몹시 미안하다고 하더구나. 이제는 네가 일부러 다이애나를 취하게 만든 게 아니라는 걸 잘 안다고, 자기를 용서하고 다이애나와 다시 좋은 친구로 지내달라고 했단다. 가고 싶거든 오늘 저녁에 다녀오너라. 다이애나는 어젯밤 감기에 심하게 걸려서 밖에 나오질 못한다는구나. 저런, 앤 셜리, 그렇게 흥분하지 말고."

마릴라는 주의를 주지 않을 수가 없었다. 앤이 행복에 겨워 하늘로 날아오를 듯한 표정과 몸짓으로 자리에서 벌떡 일어났기 때문이다. 얼굴이 마치 불꽃처럼 환하게 빛났다.

"아아, 마릴라 아주머니, 지금 가도 돼요? 설거지는 나중에 할게요. 다녀와서 할게요. 이렇게 가슴 벅찬 순간에 설거지처럼 낭만적이지 않은 일은 못하겠어요."

"아무렴, 되고말고. 어서 가거라. 앤 셜리, 제정신이냐? 당장 와서 뭐라도 걸치고 가야지. 바람을 붙들고 얘기하는 게 낫지. 모자도 쓰지 않고 외투도 없이 갔네. 머리카락 휘날리며 과수원을 쏜살같이 빠져나가는 것 좀 봐. 감기라도 호되게 걸리지 않으면 다행이지."

앤은 눈 덮인 들판을 지나 자줏빛 겨울 노을을 맞으며 발걸음도 가볍게 집으로 돌아왔다. 하얗게 눈 내린 대지와 어두운 가문비나무 협곡 너머 저녁 하늘은 은은한 금빛과 영묘한 장밋빛으로 물들었고, 저 멀리 남서쪽 하늘에는 샛별이 진주처럼 반짝이며 아른거렸다. 눈 덮인 언덕에서 썰매 방울이 딸랑거리는 소리가 마치 요정의 종소리처럼 차가운 대기를 뚫고 날아왔다. 하지만 그런 소리들도 앤의 마음과 입술에서 흘러나오는 노랫소리만큼 달콤하지는 못했다.

"아주머니, 지금 아주머니 앞에 서 있는 저는 정말 완벽하게 행복한 사람이에요. 네, 머리가 빨간색이어도요. 지금만큼은 빨강 머리도 상관없어요. 배리 아주머니가 제게 입을 맞추고 울면서 너무 미안하다고 하셨어요. 제게 어떻게 은혜를 갚아야 할지 모르겠다고요. 전 당황해서 어찌할 바를 몰랐지만, 최대한 예의 바르게 대답했어요, 아주머니. 배리 아주머니를 원망하지 않는다고요. 제가 일부러 다이애나를 취하게 만든 게 아니라는 걸 마지막으로 한 번 더 확실히 말씀드렸어요. 그리고 이제 과거는 망각의 장막으로 덮어 두겠다고 말씀드렸어요. 저 품위 있게 말 잘했죠, 아주머니? 제가 원수를 은혜로 갚아 배리 아주머니를 부끄럽게 만든 기분이었어요. 그리고 다이애나랑 즐거운 오후를 보냈어요. 다이애나가 카모디의 숙모에게 배운 덩굴무늬 뜨개질법을 보여 줬어요. 이 뜨개질법을 아는 사람은 에이번리에서 우리 둘뿐이래요. 우린 이걸 아무에게도 알려 주지 않기로 엄숙히 약속했어요. 다이애나는 장미 화관 그림에 시도 한 구절 적힌 예쁜 카드도 주었어요.

내가 당신을 사랑하듯 당신이 날 사랑한다면
죽음이 아니고는 우리를 갈라놓지 못하리라

이 말은 사실이에요, 아주머니. 우린 학교에서도 다시 옆자리에 앉게 해 달라고 필립스 선생님께 부탁할 거예요. 거티 파이는 미니 앤드

루스랑 앉으면 되니까요. 우린 우아하게 차도 마셨어요. 배리 아주머니가 제일 좋은 찻잔을 꺼내신 거예요, 아주머니. 꼭 제가 진짜 손님이 된 기분이었어요. 얼마나 심장이 두근거렸는지 몰라요. 지금까지 저를 위해서 제일 좋은 찻잔을 내준 사람이 아무도 없었거든요. 과일

케이크하고 파운드케이크랑 도넛도 먹고 잼도 두 종류나 먹었어요. 그러고는 배리 아주머니가 제게 차를 더 마실 건지 물으시더니 '여보, 앤에게 비스킷 좀 건네주실래요?'라고 말씀하셨어요. 어른이 된다는 건 틀림없이 근사한 일일 거예요. 어른처럼 대접받았을 뿐인데 이렇게 기분이 좋은 걸 보면 말이에요."

"그건 모르겠구나."

마릴라가 한숨을 짧게 내쉬었다.

"음, 아무튼 제가 어른이 되면 여자아이들을 늘 어른처럼 대해줄 거예요. 아이들이 과장되게 말해도 절대 웃지 않을 거고요. 제가 슬픈 일을 겪어 보니 그게 얼마나 상처가 되는지 알겠더라고요. 차를 마신 뒤에 다이애나랑 저는 사탕을 만들었어요. 잘 만들지는 못했어요. 다이애나나 저나 처음이라서 그런 것 같아요. 다이애나가 제게 사탕을 저으라고 하고는 접시에 버터를 발랐는데, 제가 젓는 걸 깜박해서

태워 버렸거든요. 그러고는 접시를 받침에 올려 놓고 식히고 있는데, 고양이가 그 위로 지나가는 바람에 그건 버릴 수밖에 없었어요. 하지만 사탕을 만드는 건 정말 재미있었어요. 그러다가 집에 올 때 배리 아주머니가 앞으로도 자주 놀러 오라고 하셨고 다이애나는 창 앞에 서서 제가 '연인의 오솔길'로 내려가는 내내 입맞춤을 날려 줬어요. 아주머니, 오늘 밤은 기도가 무척 하고 싶어요. 그리고 축하하는 의미에서 특별히 새로운 기도를 떠올려야겠어요."

앤이 단호히 말했다.

19

발표회와 불행한 사건 그리고 고백

"아주머니, 잠깐 다이애나 좀 만나고 와도 될까요?"

2월의 어느 저녁, 동쪽 다락방에서 앤이 헐레벌떡 뛰어내려왔다.

"날도 어두운데 뭐 하러 돌아다니려는 건지 모르겠구나. 다이애나와는 학교 마치고 집까지 같이 와서는, 눈밭에서도 30분은 더 서서 재잘재잘 마음껏 떠들었지 않니. 그러고도 또 무슨 일로 그 애를 만난다는 건지 모르겠다."

마릴라가 무뚝뚝하게 말했다.

“하지만 다이애나가 절 부르는걸요. 아주 중요하게 할 말이 있는 거예요.”

“그걸 어떻게 아니?”

“다이애나가 창문에서 신호를 보냈어요. 촛불이랑 판자로 신호를 보내기로 약속했거든요. 촛불을 창턱에 올려놓고 그 앞으로 판자를 넣었다 뺐다 해서 불빛이 깜박거리게 만드는 거예요. 깜박거리는 횟수가 많을수록 중요한 일이 있는 거고요. 제가 생각한 거예요, 아주머니.”

“네 생각일 줄 알았다. 그 말도 안 되는 신호를 보내다가 커튼을 태우지나 않을지, 원.”

“아, 조심조심하고 있으니 걱정 마세요, 아주머니. 그건 정말 재밌어요. 불빛이 두 번 비추면 보고 있느냐는 뜻이고, 세 번이면 ‘그래’, 네 번이면 ‘아니’에요. 다섯 번은 꼭 해야 할 말이 있으니 얼른 오라는 뜻이고요. 다이애나가 지금 막 불빛 다섯 번을 보냈어요. 무슨 일인지 궁금해 죽겠어요."

"그래, 죽어서야 되겠니. 다녀오려무나. 하지만 10분 안에 돌아와야 한다. 명심하렴."

마릴라가 비꼬는 투로 말했다.

앤은 마릴라의 말을 명심하고 정해진 시간 안에 돌아왔다. 다이애나와 중요한 이야기를 10분 만에 끝내고 온다는 것은 너무 어려운 일이었지만, 앤은 용케도 10분을 잘 활용했다.

"마릴라 아주머니. 무슨 일인지 아세요? 있잖아요, 내일이 다이애나의 생일이래요. 다이애나네 어머니가 학교 끝나고 나랑 같이 집에 와서 밤새 놀 수 있는지 물어보라고 하셨대요. 다이애나의 사촌들도 뉴브리지에서 말이 끄는 썰매를 타고 온대요. 내일 밤 회관에서 열리는 토론 클럽 발표회에 가려고요. 저랑 다이애나도 데려가고요. 아주머니가 허락해 주시면요. 허락해 주실 거죠, 아주머니? 아, 너무 설레요."

"진정하거라. 그리고 거긴 갈 수 없다. 집에

서 얌전히 자는 편이 나을 거다. 클럽 발표회라는 것도 다 쓸데없는 짓이고, 여자애들이 그런 데 다니면 못쓴다."

"토론 클럽은 아주 교양 있는 모임이에요."

앤이 애원했다.

"모임이 나쁘다는 게 아니야. 발표회나 좇아다니며 밤까지 쏘다니면 안 된다는 거지. 애들이 그러면 못쓴다. 배리 부인이 다이애나를 보낸다니, 놀랍구나."

"이번은 특별한 경우잖아요. 다이애나 생일은 일 년에 단 한 번뿐이에요. 생일이 흔히 오는 날이 아니잖아요, 아주머니. 프리시 앤드루스가 〈오늘 밤에는 종을 울리지 마세요〉를 암송한대요. 아주 도덕적인 시예요. 그 시를 들으면 제게도 도움이 많이 될 거예요. 그리고 합창단이 찬송가나 다름없는 슬프고 아름다운 노래를 네 곡이나 부른대요. 참, 목사님도 참석하실 거예요. 맞아요, 정말이에요. 목사님이 연설을 하신댔어요. 그럼 설교를 듣는 거나 마찬가지잖아요. 제발요. 가면 안 되나요, 아주머니?"

앤이 울먹거리며 애처롭게 말했다.

"내 말 못 들었니, 앤? 신발 벗고 올라가 자거라. 8시가 넘었구나."

"한 가지 더 있어요, 아주머니. 배리 아주머니가 손님용 침실에서 자도 된다고 하셨대요. 아주머니와 사는 어린 앤이 손님방 침대에 눕는 명예를 얻는다고 생각해 보세요."

앤이 비장의 무기라도 꺼내는 얼굴로 말했다.

"그런 거 없이도 잘 지내는 게 명예란다. 가서 자라, 앤. 더는 아무 소리 하지 말고."

앤이 눈물을 흘리며 슬픔에 잠겨 다락방으로 올라가자, 두 사람이 얘기하는 동안 거실 의자에서 잠든 줄로만 알았던 매슈가 눈을 뜨며 단호한 말투로 얘기했다.

"글쎄, 마릴라. 앤을 보내 주는 게 좋겠어."

"안 돼요. 누가 저 애를 키우죠? 오라버닌가

요, 난가요?"

마릴라가 쏘아붙였다.

"그거야, 너지."

"그러면 참견하지 마세요."

"글쎄다. 참견은 안 하마. 의견을 말하는 건 참견이 아니니까. 내 의견은 앤을 보내 줘야 한다는 거다."

"앤이 가고 싶다면 달나라에라도 보내 줘야 한다고 하시겠죠. 다이애나의 집에서 하룻밤 자는 것뿐이면 보내 줬을지 모르죠. 하지만 발표회까지는 안 돼요. 거기 갔다가는 틀림없이 감기에 걸릴 거라고요. 머리는 쓸데없는 생각들이랑 흥분으로 꽉 차서 올 거고요. 기분이 붕 떠서는 가라앉을 때까지 일주일은 가겠죠. 저 애 성격을 잘 알아요. 그러니 어떻게 하는 게 좋을지도 내가 더 잘 안다고요, 오라버니."

마릴라가 못 말리겠다는 듯이 대꾸했다.

"난 앤을 보내 줘야 한다고 생각한다."

매슈가 흔들리지 않고 반복해서 말했다. 매슈는 논쟁에는 약했지만 의견을 굽히지 않는 데는 확실히 발군의 실력이 있었다. 그런 매슈를 감당할 재간이 없자, 마릴라는 차라리 입을 닫아 버렸다. 다음 날 아침 앤이 부엌에서 아침 먹은 그릇들을 씻고 있을 때, 매슈가 헛간으로 나가다 말고 다시 마릴라에게 말했다.

"난 앤을 보내 줘야 한다고 생각한다, 마릴라."

한동안 마릴라는 험한 말이라도 내뱉을 것 같은 표정을 지었다. 그러다가 어쩔 수 없이 항복하고는 톡 쏘아붙였다.

"좋아요. 보낼게요. 그래야 만족을 하실 테니까요."

앤이 물이 뚝뚝 떨어지는 행주를 손에 든 채 부엌에서 뛰쳐나왔다.

"아주머니, 아주머니. 방금 하신 그 행복한 말씀 다시 한번 해 주세요."

"들었으면 됐다. 이건 오라버니의 뜻이고 나랑은 상관없다. 남의 집 침대에서 자다가, 아니면 후끈한 회관에서 한밤중에 나오다가 폐렴에라도 걸리거든 나 말고 오라버니를 원망하거라. 앤 셜리, 기름기 섞인 물이 사방에 떨어지잖니. 너처럼 조심성 없는 아이는 처음 봤다."

앤이 풀이 죽어 말했다.

"제가 아주머니께 큰 골칫거리라는 거 알아요. 전 실수투성이예요. 하지만 제가 실수하지 않은 것들도 생각해 주세요. 앞으로 또 할지도 모르지만요. 물 흘린 건 학교에 가기 전에 깨끗이 닦을게요. 아, 아주머니, 제 마음은 벌써 발표회 생각뿐이에요. 여태까지 발표회는 한 번도 못 가 봐서, 학교에서 다른 여자애들이 발표회 얘기를 할 때마다 소외되는 기분이었거든요. 그런 기분이 어떤 건지 아주머니는 모르셨겠지만, 아저씨는 알아주셨어요. 아저씨는 절 이해하세요. 누군가에게 이해받는 건 참 기분 좋은 일이에요, 아주머니."

앤은 너무 들떠서 학교에 가서도 공부를 제대로 할 수가 없었다. 길버트 블라이드가 받아쓰기에서 앤을 이겼고, 암산은 아예 멀찌감치 앞서 나가 버렸다. 하지만 앤은 발표회에 가고 손님방에서 잘 생각에 평소처럼 크게 굴욕스럽지 않았다. 앤과 다이애나는 하루 종일 그 얘기만 했다. 필립스 선생님보다 더 엄한 선생님이었다면 두 아이는 크게 혼이 났을 것이다.

앤은 발표회에 못 가게 됐다면 정말 견디기 힘들었을 거라고 생각했다. 정말이지 그날은 학교의 모든 아이들이 발표회 이야기만 했기 때문이다. 겨울 내내 격주로 한 번씩 모임을 갖는 에이번리 토론 클럽은 작은 규모로 무료 공연도 몇 차례 열었다. 하지만 이번 발표회는 도서관을 후원하는 특별한 대공연이어서 10센트씩 입장료도 받았다. 에이번리 청년들이 발표회에 나가려고 몇 주씩 연습을 했고,

학생들도 자신의 언니오빠가 참가했기 때문에 큰 관심을 보였다. 학교에서도 아홉 살이 넘은 아이들은 캐리 슬론만 빼고 전부 가기로 했다. 캐리 슬론은 마릴라처럼 여자애들이 밤에 열리는 콘서트에 나다니면 못쓴다고 생각하는 아버지 때문에 갈 수가 없었다. 캐리 슬론은 오후 내내 문법책 위에 엎드려 울었고, 인생은 살 가치가 없다고 생각했다.

수업이 끝나자 앤은 점점 더 들떴다. 갈수록 흥분이 고조되더니 발표회 시작 시간이 임박하자 아예 황홀경에 이를 지경이었다. 앤과 다이애나는 '더없이 우아하게 차를 마신' 다음, 위층에 있는 다이애나의 작은 방으로 올라가 즐겁게 몸단장을 했다. 다이애나는 앤의 앞머리를 볼록하게 빗어 올려 새로운 퐁파도르 스타일* 로 만들었고, 앤은 특별히 솜씨를 부려 다이애나에게 리본을 매어주었다. 뒷머리 모양도 대여섯 가지를 새롭게 시도해 본 끝에,

드디어 두 아이는 준비를 끝냈다. 빰은 빨갛게 물들었고 눈은 설렘으로 반짝였다.

다이애나는 가벼운 털모자와 귀엽고 산뜻한 재킷을 입었다. 그래서 사실 앤은 밋밋한 검은 모자와 집에서 만들어 볼품없는 소매가 딱 달라붙는 회색 외투 등을 다이애나의 것과 비교하며 어쩔 수 없이 마음이 쓰렸다. 하지만 곧 상상력을 발휘하기로 했다.

그때 뉴브리지의 다이애나 사촌들인 머레이 씨네 가족들이 도착했다. 모두 밀짚과 모피 망토 같은 것을 덮고 상자처럼 생긴 커다란 썰매에 빽빽하게 앉아 있었다. 앤은 썰매를 타고 회관까지 가는 것이 무척 즐거웠다. 썰매는 새틴처럼 매끈한 눈길을 사각거리며 달렸다. 저녁놀은 눈부셨고, 눈 내린 언덕들과 세인트로렌

---

* pompadour style. 18세기 프랑스 궁정의 막후 세력이었던 퐁파도르 후작부인이 즐겨 하던 머리 모양을 말한다.

스 만의 짙푸른 바다가 저녁놀을 감싸 안았다. 마치 진주와 사파이어로 만든 커다란 잔에 포도주와 불이 가득 담긴 것 같았다. 딸랑거리는 썰매 종소리와 멀리서 숲속 요정들이 웃는 소리인 듯 희미한 웃음소리가 사방에서 들렸다.

앤이 모피 망토 밑으로 엄지장갑을 낀 다이애나의 손을 꽉 움켜쥐며 나지막이 말했다.

"아, 다이애나. 전부 다 아름다운 꿈같지 않니? 나 평소랑 똑같아 보여? 평소랑 기분이 너무 달라서 내 모습도 달라졌을 것만 같아."

"너 최고로 예뻐. 얼굴빛도 어느 때보다 아름다워."

다이애나가 말했다. 사촌에게 금방 칭찬을 들어서인지 자기도 누군가를 칭찬해 주고 싶었다.

그날 밤 프로그램은 적어도 한 명의 청중에게는 '감동의 연속'이었다. 다이애나에게 장담했듯이 앤은 공연이 계속될수록 감동도 점점

커졌다. 프리시 앤드루스는 새로 산 분홍 실크 블라우스를 입고 희고 매끄러운 목에 진주 목걸이를 걸었다. 머리에는 진짜 카네이션을 꽂았는데, 필립스 선생님이 프리시에게 주려고 시내까지 사람을 보내서 구해 왔다고들 수군댔다. 앤은 프리시가 '한 줄기 빛도 없는 어둠 속에서 매끈한 사다리를 올라갈 때' 마치 그게 자기 자신인 듯 행복한 상상에 몸을 떨었다. 합창단이 〈고결한 데이지는 저 높은 곳으로〉를 노래할 때는 천사들이 그려진 프레스코화가 보이기라도 하듯 천장을 응시했다. 이어서 샘 슬론이 〈소커리는 어떻게 암탉에게 알을 품게 했는가〉라는 이야기를 몸짓까지 동원하여 설명할 때는 앤이 너무 웃어서 가까이에 앉은 사람들도 따라 웃었다. 에이번리에서는 이미 한물간 이야기여서 재미는 없었지만 앤이 어찌나 웃어대는지 덩달아 같이 웃은 것이다. 필립스 선생님은 심금을 울리는 목소리로 마르쿠스 안토니우스가 카이사르의 주검 앞에서 했던 연설을 읊었고, 한 문장이 끝날 때마다 프리시 앤드루스를 바라봤다. 앤은 마음을 흔드는 필립스 선생님의 목소리에 로마 시민 한 사람만 앞장서 준다면 당장에라도 일어나 폭동에 가담할 마음이 들었다.

프로그램에서 앤의 관심을 끌지 못한 참가자는 단 한 명이었다. 길버트 블라이드가 〈라인 강변의 빙엔〉을 암송하자, 앤은 로다 머레이가 도서관에서 빌려 온 책을 펼쳐 들고 읽었다. 길버트의 암송이 끝났을 때는 손바닥이 얼얼하도록 박수를 치는 다이애나 옆에서 꼿꼿이 앉아 손끝 하나 움직이지 않았다.

집으로 돌아온 시간은 11시였다. 둘은 녹초가 되었지만 아직 남아 있는 즐거움을 생각하며 지치지도 않고 신나게 재잘거렸다. 모두 잠들었는지 집은 어둡고 고요했다. 앤과 다이애나는 까치걸음으로 길고 좁은 응접실로 들어

갔다. 응접실 끝에 손님방이 있었다. 활활 불이 붙은 난로에서 어슴푸레 빛이 새어 나와서 기분 좋은 따스함이 감돌았다.

"여기서 옷을 갈아입자. 정말 따뜻하고 기분 좋다."

다이애나가 말했다.

"정말 즐거운 시간이었지? 거기 올라가서 암송을 하면 얼마나 근사할까. 우리한테도 그런 날이 올까, 다이애나?"

앤이 황홀한 듯 한숨을 쉬었다.

"그럼, 당연하지. 언젠가는 그럴 거야. 상급생들에겐 항상 암송 기회가 있으니까. 길버트 블라이드는 자주 올라가잖아. 우리보다 고작 두 살 위인데. 아, 앤, 왜 그 애가 암송할 때 듣지 않는 척했니? '누이가 아닌, 또 한 여인이 있습니다'라는 구절을 외면서 너를 똑바로 쳐다봤단 말이야."

앤이 목소리에 힘을 실어 말했다.

"다이애나. 넌 내 마음의 친구지만, 그래도 그 애 이야기는 하지 않았으면 좋겠어. 잘 준비는 됐어? 침대까지 누가 먼저 가나 시합할까?"

다이애나도 재미있을 것 같았다. 하얀 잠옷을 입은 두 아이는 긴 응접실을 날듯이 달려 손님방 문을 지나 동시에 침대 위로 뛰어들었다. 그런데 밑에서 뭔가가 꿈틀하더니, 숨 막혀 비명을 지르는 소리가 이불 밖으로 희미하게 새어 나왔다.

"어이쿠!"

앤과 다이애나는 어떻게 침대에서 내려와 방을 뛰쳐나왔는지도 기억나지 않았다. 정신을 차리고 보니 방을 나와 벌벌 떨며 발꿈치를 들고 계단을 올라가고 있었다.

"아, 저게 누구…… 아니, 저게 뭐지?"

앤이 추위와 두려움에 이를 덜덜 부딪치며 속삭였다.

"조세핀 할머니야. 아, 앤, 조세핀 할머니 맞

아. 왜 저기 계신지 모르겠지만. 어쩌지. 할머니가 화를 많이 내실 거야. 큰일났네. 정말 어떡하지? 그래도 너무 웃기지 않니, 앤?"

다이애나가 숨이 넘어갈 정도로 웃었다.

"조세핀 할머니가 누구야?"

"우리 아버지 숙모 되시는 분인데, 샬럿타운에 사셔. 연세가 아주 많으셔. 일흔쯤 되셨나. 할머니한테도 어린 시절이 있었을 거라고는 상상이 안 가. 할머니가 오실 줄은 알고 있었는데 이렇게 빨리 오실지 몰랐어. 할머니는 굉장히 엄하고 점잖으셔. 이 일로 분명히 야단치실 텐데. 휴, 우린 미니 메이랑 자야겠다. 미니 메이는 자면서 얼마나 몸부림을 치는지 몰라."

조세핀 배리 할머니는 다음 날 아침 식사 시간에 나오지 않았다. 배리 부인은 두 아이를 보며 상냥하게 미소를 지었다.

"어젯밤에는 재미있었니? 너희가 돌아올 때까지 자지 않으려고 했는데, 너무 피곤해서 그만 잠들어 버렸구나. 조세핀 할머니가 오셔서 너희는 위층에서 자야 한다고 말해 주려 했는데 말이야. 다이애나, 할머니를 귀찮게 하진 않았지?"

다이애나는 조심스레 입을 다물고 있었지만, 식탁 너머로 앤과 양심에 찔리면서도 재미있다는 듯 몰래 웃음을 주고받았다. 앤은 아침 식사를 마치고 서둘러 집으로 돌아가서, 그후 간밤 일로 배리 씨네가 한바탕 시끄러워진 줄 전혀 몰랐다. 늦은 오후에야 마릴라의 심부름으로 린드 부인 댁에 갔다가 소식을 들었다.

린드 부인이 말투는 엄하지만 눈빛은 재미있다는 듯 반짝이며 말했다.

"그래, 너와 다이애나가 지난밤에 가여운 배리 할머니를 놀라 자지러지게 했다지? 배리 부인이 방금 전 카모디에 가는 길에 여길 들렀단다. 걱정이 이만저만이 아니더구나. 배리 할머니가 아침에 눈을 떠서 어지간히 화를 낸 모양이야. 그 할머니 성격이 보통이 아니거든. 다이애나와는 한 마디도 안 하려고 하신단다."

앤은 후회막심이었다.

"다이애나 잘못이 아니에요. 제가 그랬어요. 누가 먼저 침대까지 가나 시합하자고 그랬거든요."

"그럴 줄 알았다! 그런 일이라면 앤 네 머리에서 나왔겠거니 했지."

린드 부인이 역시나 그렇지 하는 기색으로 의기양양하게 말했다.

"어쨌든 그 일로 꽤나 골치 아프게 됐어. 배리 할머니는 원래 한 달은 묵을 예정이었는데 하루도 더 있기 싫다며 일요일인 내일 당장 돌아가겠다고 하셨다는구나. 데려다줄 사람만 있었다면 오늘이라도 당장 가셨을 거야. 다이애나가 한 학기 동안 음악 수업을 받을 수 있게 도와주기로 하셨었다는데, 이젠 그런 선머슴 같은 아이한테는 한 푼도 지원 못한다고 마음을 바꾸셨대. 어휴, 오늘 아침에 그 집은 난리도 아니었을 게야. 배리 씨네 상심이 클 테지. 배리 할머니가 부자라서 좋은 인상만 주고 싶었을 텐데 말이다. 물론 배리 부인은 그런 말까지는 안 했지만 사람 마음이란 게 다 그렇지."

"전 정말 재수가 없는 앤가 봐요. 늘 말썽만 부리고, 이젠 제 심장을 내줘도 모자랄 단짝친구까지 곤란하게 만들었잖아요. 전 도대체 왜 이럴까요, 린드 아주머니?"

앤이 한탄하듯 말했다.

"그건 네가 워낙 조심성이 없고 충동적이어서 그렇단다. 네 머릿속은 한시도 가만있질 않잖니. 머릿속에 떠오른 생각은 뭐든 말로 뱉어야 하고, 말한 대로 해야 하고, 또 앞뒤 잴 겨를도 없이 몸부터 나가고 말이야."

"아, 하지만 그건 그럴 수밖에 없어서 그런 거예요. 머릿속에 뭔가 신나는 일이 번쩍 떠오르면 입 밖으로 꺼내야 해요. 생각을 하다 말면 그 신나는 일을 망쳐 버리거든요. 아주머니는 그런 적 없으세요?"

아니, 린드 부인은 그런 적이 없었다. 부인은 근엄하게 고개를 저었다.

"생각을 조금 덜 하는 법을 배워야 해, 앤. 뛰려거든 뛸 곳을 먼저 보라는 속담을 잘 새겨둬야 할 게다. 특히 손님방에 들어갈 때는 말이다."

린드 부인은 자기가 한 가벼운 농담에 기분 좋게 웃었지만 앤은 걱정이 가시지 않았다. 이 상황이 전혀 웃기지 않았고 아주 심각해 보이기만 했다. 린드 부인의 집을 나온 앤은 눈이 얼어붙은 들판을 가로질러 과수원집으로 걸음을 옮겼다. 다이애나가 부엌문을 열고 앤을 맞았다.

"조세핀 할머니가 화가 많이 나셨다며?"

앤이 목소리를 죽여 물었다. 다이애나가 킥킥 새어 나오는 웃음을 겨우 참으며, 어깨 너머로 문이 닫힌 거실 쪽을 불안하게 힐끔거렸다.

"응. 화가 나서 펄펄 뛰셨어. 얼마나 야단을 치셨다고. 할머니가 나처럼 품행이 나쁜 여자애는 처음 봤대. 엄마 아빠한테도 나를 이렇게 키웠다고 부끄러운 줄 알라고 하셨어. 할머니가 당장 가신다고 하는데 난 상관없어. 엄마 아빠는 아니신 거 같지만 말이야."

"내가 그랬다고 왜 말 안 했어?"

"내가 그럴 것 같니? 앤 셜리, 난 고자질쟁이가 아니야. 그리고 어쨌든 나한테도 책임이 있지."

다이애나가 생각할 가치도 없는 질문이라는 듯이 말했다.

"있잖아, 내가 들어가서 할머니께 직접 말씀드릴래."

"앤 셜리, 절대 안 돼! 세상에, 할머니가 널 잡아먹으려고 하실 거야!"

"안 그래도 무서우니까 자꾸 겁주지 마. 나

도 차라리 호랑이 굴에 들어가고 싶은 심정이야. 하지만 할머니를 뵈어야 해, 다이애나. 내 잘못이라고 고백해야 해. 고백이라면 해 본 적이 있으니까 괜찮아."

앤이 애원했다.

"그럼, 할머니는 거실에 계셔. 들어가고 싶으면 들어가도 돼. 나라면 못 해. 그리고 네가 가도 별 소용없을 거야."

다이애나의 응원 아닌 응원을 받으며 앤은 호랑이 소굴로 향했다. 아니, 결연히 거실 앞으로 가서 들릴락 말락 한 소리로 노크를 했다.

"들어와라."

날선 목소리였다. 마른 몸에 엄하고 꼬장꼬장해 보이는 조세핀 할머니가 난로 옆에 앉아 사나운 손길로 뜨개질을 하고 있었는데 아직 노여움이 가라앉지 않았는지 금테 안경 너머의 눈빛도 매서웠다. 할머니는 다이애나일 거라는 생각에 의자를 빙글 돌려 앉았지만 앞에는 새하얀 얼굴의 여자아이가 서 있었다. 아이의 커다란 눈에는 어떻게든 용기를 쥐어짰지만 두려움에 잔뜩 움츠러든 마음이 고스란히 담겨 있었다.

"넌 누구냐?"

조세핀 할머니가 인사 없이 바로 물었다.

"저는 초록 지붕 집에 사는 앤 셜리예요. 그리고 괜찮으시다면 고백할 게 있어서 왔어요."

앤은 특유의 자세로 두 손을 꽉 맞잡고 살짝 떨리는 목소리로 대답했다.

"뭘 고백한다는 거지?"

"지난밤에 침대 위로 뛰어든 건 전부 제 잘못이에요. 제가 그러자고 했거든요. 다이애나는 그런 행동은 생각도 안 해 봤을 거예요. 확실해요. 다이애나는 정말 숙녀다운 아이예요, 배리 할머니. 그러니까 할머니가 다이애나를 탓하시는 건 공정하지 못하다는 말씀을 드리려고요."

"뭐, 내가 어째? 다이애나도 똑같이 뛴 게 아니냐. 점잖은 집 아이들이 그렇게 경망스럽게 행동한단 말이냐?"

"하지만 저희는 그저 재미로 그런 거였어요. 전 할머니께서 저희를 용서해 주셔야 한다고 생각해요. 지금 이렇게 사과드리잖아요. 어쨌든 제발 다이애나는 용서해 주시고 음악 수업도 받을 수 있게 해 주세요. 다이애나가 음악 수업을 얼마나 기대했는데요. 배리 할머니, 전 기대하던 일을 못하게 될 때의 기분을 너무 잘 알아요. 누군가에게 정 화를 내셔야 한다면 저한테 화를 내세요. 전 어렸을 때부터 사람들이 제게 화를 내는 데 익숙해서 다이애나보다 훨씬 잘 견딜 수 있거든요."

앤이 항변했다.

노부인의 눈에서 매서운 빛이 누그러든 자리에 호기심이 차올랐다. 그러나 말투는 여전히 엄했다.

"그저 재미였다는 말은 변명이 될 수 없다. 내가 어릴 땐 여자애들이 재미있다고 아무런 행동이나 막 하지 않았다. 길고 고된 여행을 마치고 곤히 자는데, 다 큰 여자애 둘이 몸 위로 뛰어드는 바람에 잠을 깨는 게 어떤 기분인지 너는 모르겠지."

"잘 모르겠지만 상상은 할 수 있어요. 굉장히 놀라고 화가 나셨을 것 같아요. 하지만 저희도 나름 이유가 있었어요. 할머니도 상상할 수 있으신가요? 할 수 있다면 저희 입장이 되어 보세요. 저희도 침대 위에 누가 있을 거라곤 생각도 못했고, 할머니 때문에 놀라 기절할 뻔했어요. 얼마나 놀랐는데요. 게다가 손님방에서 자기로 되어 있었는데 손님방에서도 못 잤어요. 할머니는 손님방에서 주무시는 게 익숙하시겠죠. 하지만 할머니가 한 번도 그런 특권을 누린 적 없는 고아 여자애라면 기분이 어땠을지 상상해 보세요."

앤이 간절히 말했다.

이제 매서운 눈빛은 온데간데없었다. 배리 할머니는 웃음을 터뜨렸다. 걱정 때문에 입도 벙긋 못하고 부엌에서 기다리던 다이애나는 그 웃음소리에 숨통이 트이고 안심이 됐다.

"내 상상력은 조금 녹슨 것 같구나. 상상 같은 걸 해 본 지가 너무 오래된 게지. 네 입장을 들으니 내 입장만큼이나 설득력이 있구나. 모든 일이 각자의 입장에 따라 달라 보이니 말이다. 이리 와 앉아서 네 이야기를 해 보거라."

"정말 죄송하지만 그럴 수 없어요. 할머니는 참 재미있는 분 같아서 저도 그러고 싶어요. 보기와 다르게 저랑 마음이 통하실 거 같고요. 하지만 저는 마릴라 커스버트 아주머니가 계신 집에 돌아가야 해요. 마릴라 커스버트 아주머니는 매우 친절하신 분으로 저를 받아주시고 올바로 키워주고 계세요. 아주머니는 최선을 다하고 계시지만, 저 때문에 실망하실 때가 많아요. 제가 침대 위로 뛰어오른 건 아주머니 잘못이 아니에요. 하지만 집에 가기 전에, 다이애나를 용서하시고 원래 계시려고 했던 대로 에이번리에 계실 건지 말씀해 주시면 좋겠어요."

앤은 단호하게 말했다.

"네가 가끔 와서 말동무를 해 준다면 아마 그럴 것 같구나."

그날 저녁 배리 할머니는 다이애나에게 은팔찌를 선물로 주고 배리 부부에게 여행 가방을 풀었다고 알렸다.

"그 앤이라는 아이하고 얘기를 해 보고 싶어서 더 머물기로 했다. 재미있는 아이야. 내가 그맘때쯤일 땐 재미있는 사람이 드물었거든."

배리 할머니는 솔직하게 말했다.

이 이야기를 듣고 마릴라는 "내가 그럴 거라고 했죠"라고 할 뿐이었다. 매슈에게 들으라고 한 말이었다.

배리 할머니는 원래 예정했던 한 달이 지난 뒤에도 에이번리에 머물렀다. 앤과 이야기하며 기분 좋은 시간을 보낸 덕에 식구들과도 한결 잘 지냈다. 두 사람은 단단한 우정을 나누는 친구가 되었다.

이윽고 떠날 때가 되어 배리 할머니가 말했다.

"앤, 시내에 나오거든 꼭 나를 찾아오너라. 그럼 내가 제일 좋은 손님방에서 묵게 해 주마."

앤은 마릴라에게 이렇게 털어놨다.

"결국 배리 할머니는 마음이 통하는 분이셨어요. 할머니를 보기만 해서는 그런 생각이 안 드실 거예요. 하지만 정말이에요. 매슈 아저씨도 처음 만났을 땐 얼른 그런 생각이 들지 않았지만 금방 알게 됐잖아요. 마음이 통하는 사람을 만나는 건 제가 생각했던 것처럼 어려운 일이 아닌가 봐요. 세상에 그런 사람들이 많다는 걸 알게 돼서 정말 기뻐요."

20

지나친 상상력

초록 지붕 집에 다시 봄이 찾아왔다. 아름답지만 변덕을 부리며 꼼지락꼼지락 찾아드는 캐나다의 봄은 4월과 5월까지 상쾌하고 쌀쌀한 날들이 이어졌고, 해질녘 분홍빛 하늘 아래에서는 부활과 성장의 기적이 펼쳐졌다. '연인의 오솔길'에 늘어선 단풍나무가 빨간 잎눈을 틔우고, '드라이어드 샘' 주위에는 동그랗게 잎을 말아 쥔 작은 고사리들이 고개를 내밀었다. 저 위 멀리, 사일러스 슬론 씨네 집 뒤쪽

쓸쓸한 땅에는 메이플라워 꽃이 피어 갈색 잎 아래로 분홍색, 하얀색 별들이 아기자기하게 매달린 듯 보였다. 학생들은 남녀 할 것 없이 꽃을 따며 즐거운 오후를 보냈고, 그렇게 모은 꽃들을 팔이며 바구니에 가득 담아 맑은 석양빛에 물든 길을 따라 집으로 돌아갔다.

"메이플라워가 없는 곳에 사는 사람들이 정말 딱해요. 다이애나는 더 좋은 게 있을 거라고 하지만 메이플라워보다 더 좋은 게 있을까요, 아주머니? 메이플라워가 어떤 꽃인지 모르는 사람은 아쉬워하지도 않을 거라고 다이애나가 그랬어요. 그렇다면 그보다 더 슬픈 일도 없을 거 같아요. 메이플라워가 어떻게 생겼는지도 모르고 보고 싶어 하지도 않는다니, 아주머니, 그건 비극이에요. 제가 메이플라워를 뭐라고 생각하는지 아세요? 지난여름 죽은 꽃들의 영혼이에요. 그러니까 이곳이 꽃들의 천국인 거죠. 오늘은 정말 재미있었어요, 아주머니.

오래된 우물 옆에 이끼로 뒤덮인 넓고 우묵한 곳에서 점심을 먹었어요. 참 낭만적인 장소였어요. 찰리 슬론이 아티 길리스한테 우물을 뛰어넘어 보라고 했는데 아티가 정말 뛰어넘었어요. 못한다고 뺄 순 없으니까요. 다른 아이들이었대도 그랬을 거예요. 요즘 그런 도전 놀이가 대유행이거든요. 필립스 선생님이 메이플라워 꽃을 따서 프리시 앤드루스한테 모두 줬는데, 꽃을 주며 '아름다운 그대에게 아름다운 꽃을'*이라고 말하는 걸 제가 들었어요. 책에서 인용한 말이란 건 알지만, 선생님도 상상력이 조금은 있으신 거 같아요. 저도 누가 메이플라워 꽃을 줬지만 받지 않고 무시했어요. 그 애 이름은 앞으로 절대 입에 올리지 않겠다고 맹세했기 때문에 누군지 말씀드릴 순 없어요.

* "Sweets to the sweet." 《햄릿》에서 거트루드 왕비가 죽은 오필리아에게 꽃을 바치며 한 말이다.

우린 메이플라워 꽃으로 화관을 만들어서 모자 위에 얹고 집에 올 때 두 사람씩 줄을 서서 큰 길까지 내려왔어요. 머리에 화관을 쓰고 손에는 꽃다발을 들고 〈언덕 위의 나의 집〉을 부르면서 말이에요. 아, 얼마나 신났는지 몰라요, 아주머니. 사일러스 슬론 씨네 가족이 전부 뛰어나와 우리를 쳐다봤고 길가에서 마주치는 사람들마다 걸음을 멈추고 우리를 돌아봤어요. 우리가 가는 곳마다 얼마나 시선을 끌었다고요."

"그랬을 테지! 그런 멍청한 짓을 했으니!" 라는 게 마릴라의 반응이었다.

메이플라워 꽃이 진 다음 제비꽃이 피어나자 '제비꽃 골짜기'가 온통 보랏빛으로 물들었다. 등교길에 앤은 성지를 걷듯 경건한 걸음과 엄숙한 눈을 하고 보랏빛 골짜기를 지나갔다.

"왜 그런지 여길 지날 때면 수업에서 길…… 누가 나를 앞서든 말든 정말 아무런 상관도 없어진다니까. 그런데 학교만 도착하면 전혀 달라져서 평소처럼 신경이 쓰여. 내 안에는 앤이 여러 명 있나 봐. 가끔은 그래서 내가 이렇게 사고뭉치가 됐나 하는 생각이 들어. 만약 내 안에 내가 한 명이라면 지금보다 훨씬 더 편했을 거야. 재미는 절반도 안 됐겠지만."

앤이 다이애나에게 말했다.

6월 어느 저녁, 앤은 다락방 창가에 앉아 있었다. 과수원에 다시 분홍빛 꽃이 만개하고, '반짝이는 호수' 위쪽 습지에서 개구리들이 맑은 울음을 울어댔으며, 들판을 뒤덮은 클로버와 발삼전나무 향기가 대기에 가득했다. 수업 내용을 공부하고 있었지만, 날이 저물어 책을 읽기가 힘들었다. 그래서 앤은 눈을 동그랗게 뜨고는 또다시 별이 총총 박힌 듯 꽃이 만발한 '눈의 여왕'의 굵은 가지 저 너머를 바라보며 몽상에 빠져들었다.

동쪽 다락방은 크게 바뀐 게 없었다. 벽은 여전히 하얗고, 바늘꽂이는 딱딱했으며, 의자는 변함없이 노랗고 반듯했다. 하지만 방의 분위기는 완전히 달라졌다. 새로운 활기와 톡톡 튀는 개성이 방 전체에 스며 있었다. 여학생의 책이나 옷, 리본 같은 것들 때문이 아니었다. 탁자 위에 금이 간 파란 단지에 가득 담긴 사과꽃과도 상관없었다. 상상력 풍부한 이 방의 주인이 잘 때나 깨어 있을 때나 꾸는 온갖 꿈이 손에 잡히지는 않지만 눈에 보일 듯이 배어 있었다. 휑한 방에 무지개와 달빛으로 엮은 아름다운 얇은 천을 걸어 둔 느낌이다. 얼마 지나지 않아 마릴라가 방금 다린 학교 앞치마를 들고 성큼성큼 방으로 들어왔다. 마릴라는 앞치마를 의자에 걸어 놓고 짧은 한숨을 뱉으며 앉았다. 그날 오후에도 두통으로 고생한 뒤라, 통증은 사라졌지만 여전히 기운이 없었다. 마릴라의 표현에 따르면 '지칠 대로 지친' 기분이었다. 앤은 맑은 눈으로 걱정스럽게 마릴라를 쳐다봤다.

"제가 대신 아플 수만 있다면! 아주머니를

위해서라면 두통도 기쁜 마음으로 견딜 수 있을 거예요."

"그래도 네가 도와주는 덕에 내가 쉴 수 있단다. 요즘은 일도 곧잘 하고 전보다 실수도 줄었더구나. 물론 오라버니의 손수건에 꼭 풀을 먹일 필요는 없었지만! 또 보통 사람들은 점심에 먹으려고 파이를 데울 때 오븐에 넣었

다가 따뜻해지면 꺼내지, 다 타서 바스러질 때까지 놔두지 않고 말이다. 하지만 그러지 않으면 네가 아니지."

마릴라는 두통이 있는 날이면 늘 그렇게 살짝 비꼬는 말투였다.

"아, 정말 죄송해요. 파이는 오븐에 넣고 지금까지도 깜박 잊고 있었어요. 점심 식탁에 뭔가 빠진 기분이 들긴 했지만요. 아침에 아주머니가 제게 파이를 맡기셨을 땐 상상 같은 건 절대 하지 말고 눈앞의 일들만 생각하자고 단단히 결심했었어요. 파이를 오븐에 넣을 때까진 잘해냈는데, 제가 마법에 걸린 공주가 됐다는 상상을 떨쳐내기가 힘들었어요. 제가 마법에 걸려 외로운 성안에 갇혀 있고 멋진 기사가 새까만 말을 타고 저를 구하러 오는 상상이었거든요. 그러다 보니 파이를 까맣게 잊었어요. 제가 손수건에 풀을 먹인 것도 몰랐어요. 다림질하는 내내 다이애나와 함께 개울 위쪽에서 발견한 새로운 섬의 이름을 생각했거든요. 아주머니, 거긴 정말 멋져요. 단풍나무가 두 그루 서 있고 개울이 그 섬을 끼고 흘러요. '빅토리아 섬'이라고 부르면 딱 좋겠다는 생각이 들었어요. 우리가 그 섬을 발견한 날이 여왕님의 생일이었거든요. 다이애나와 전 둘 다 충성심이 강하거든요. 하지만 파이랑 손수건은 정말 죄송해요. 오늘 하루는 특별히 더 기분 좋은 날이었으면 좋겠어요. 오늘은 기념일이거든요. 작년 오늘 무슨 일이 있었는지 아세요, 아주머니?"

"글쎄다. 딱히 생각나는 일이 없구나."

"아이, 아주머니, 제가 초록 지붕 집에 온 날이잖아요. 전 절대 잊지 못해요. 제 인생의 전환점이었으니까요. 물론 아주머니께는 별로 중요한 일이 아니었겠지만요. 제가 여기 온 지 일 년이 지났고, 그동안 정말 행복했어요. 물론 힘든 일도 많았지만 원래 살다 보면 힘든 일도 있잖아요. 절 키우기로 한 거 후회하세요, 아주머니?"

마릴라는 가끔 앤이 초록 지붕 집에 오기 전에는 어떻게 살았나 싶을 때가 있었다.

"아니다. 후회한다고는 말할 수 없지. 아니, 절대 후회하지 않아. 앤, 공부 끝났으면 배리 부인에게 가서 다이애나의 앞치마 견본을 빌려줄 수 있는지 물어보고 오너라."

"아…… 너무…… 너무 캄캄하잖아요."

앤이 소리쳤다.

"너무 캄캄하다고? 이제 겨우 초저녁인데. 그리고 넌 해 떨어진 뒤에도 자주 나갔잖니."

"내일 아침 일찍 다녀올게요. 해 뜰 때 일어나서 가면 안 될까요, 아주머니?"

"또 무슨 생각을 한 게야, 앤 셜리? 오늘 저녁에 네 새 앞치마를 마름질하려면 견본이 필요해. 바보같이 굴지 말고 어서 다녀와."

"…… 그럼 큰길로 돌아서 다녀올게요."

앤이 마지못해 모자를 집어 들었다.

"큰길로 돌아가면 30분이나 더 걸리잖니!

왜 이러는지 모르겠구나!"

"'유령의 숲'을 지나갈 수가 없어요, 아주머니."

앤이 간절한 얼굴로 울먹였다. 마릴라가 앤을 빤히 쳐다봤다.

"유령의 숲이라니! 제정신이냐? 유령의 숲이 도대체 뭐니?"

"개울 건너의 가문비나무 숲이오."

앤이 기어들어가는 목소리로 말했다.

"바보 같은 소리! 유령의 숲 같은 건 없어. 누가 그런 쓸데없는 소릴 하니?"

"아무도 안 했어요. 다이애나랑 제가 그 숲에 유령이 돌아다닌다고 그냥 상상했어요. 이쪽 주변은 다…… 다 평범해 보여서요. 재미 삼아 해본 거예요. 4월부터요. 유령이 돌아다니는 숲이라니, 정말 낭만적이잖아요, 아주머니. 가문비나무 숲을 고른 건 거기가 워낙 컴컴해서예요. 우린 제일 무시무시한 것들을 상상했어요. 딱 이맘때쯤 어두워지면 하얀 옷의 여자가 두 손을 꽉 쥐고 곡소리를 내며 개울을 따라 걷죠. 여자가 나타나면 가족 중에 누가 죽게 되고요. 그리고 살해당한 꼬마 유령이 '한적한 숲' 근처 구석진 곳을 어슬렁거리다가 사람이 지나가면 뒤에서 슬그머니 다가와서 차가운 손가락으로 손을 잡아요. 아, 아주머니, 생각만 해도 몸서리가 쳐져요. 또 목 없는 사람이 길을 오르락내리락하고, 해골들이 나뭇가지 사이로 우리를 노려보기도 해요. 아, 아주머니, 어두워진 뒤에는 '유령의 숲' 쪽으로 무슨 일이 있어도 가지 않을 거예요. 나무 뒤에서 하얀 게 튀어나와 저를 붙잡을 거란 말이에요."

"별 이상한 소리도 다 듣겠다! 앤 셜리, 네가 상상한 그 말도 안 되는 얘기를 다 믿는다는 거니?"

마릴라가 말문이 막혀 듣고 있다가 소리쳤다.

"다 믿는 건 아니에요. 적어도 낮에는 믿지

않는데…… 어둠이 내리면, 아주머니, 또 달라요. 그때가 유령이 나타날 때라니까요."

앤이 머뭇거리며 말했다.

"유령 같은 건 없어, 앤."

"있어요! 유령을 본 사람들도 있단 말이에요. 찰리 슬론이 그러는데, 자기 할머니는 어느 날 밤에 일 년 전 돌아가신 할아버지가 소 떼를 몰고 가는 모습을 보셨대요. 찰리 슬론네 할머니는 절대 거짓말을 하실 분이 아니잖아요. 신앙심도 아주 깊으신 분이고요. 그리고 토머스 아주머니네 아버지는 어느 날 밤 집으로 오는 길에 목이 잘려서 간당간당하게 매달려 있고 온몸이 불에 타는 양한테 쫓겼대요. 그 분은 그게 죽은 형의 영혼이고, 앞으로 9일 안에 자기가 죽는다는 경고라고 했대요. 그런데 9일 안은 아니지만 2년 뒤에 돌아가셨죠. 그러니까 정말이잖아요. 또 루비 길리스가 그러는데……."

앤이 필사적으로 매달리며 울먹였다.

“앤 셜리. 그런 얘기는 다시는 하지 말거라. 너의 그 상상력이 줄곧 마음에 걸리긴 했다만, 네 상상의 결과가 이런 거라면 나도 더는 두고만 볼 수 없구나. 당장 배리 부인 댁에 다녀오거라. 정신도 차릴 겸 가문비나무 숲을 지나서. 그리고 앞으로 유령의 숲 운운하는 소리는 다시는 꺼내지 마.”

앤은 울면서 매달리고 싶었고, 실제로 그렇게 매달렸다. 마음속 공포가 현실처럼 느껴진 탓이었다. 상상력은 고삐를 풀고 날아오르더니 앤을 어둠이 내린 공포 가득한 가문비나무 숲으로 데려갔다. 하지만 마릴라는 가차 없었다. 마릴라는 유령의 존재를 믿고 잔뜩 겁에 질린 아이를 샘으로 데려가서, 곧장 다리를 건너 흐느끼는 여자와 머리 없는 유령이 배회하는 어스름한 고요 속으로 들어가라고 명령했다.

“아, 아주머니, 어떻게 이렇게 잔인하세요?

하얀 유령이 저를 붙잡아 끌고 가면 어떻게 하시려고요?"

앤이 흐느껴 울었다.

"잡혀갈지 어떨지 한번 보자꾸나. 알겠지만 난 빈말은 안 한다. 유령이 돌아다닌다는 상상 같은 건 당장 지워줘야겠다. 어서 다녀와."

앤은 걷기 시작했다. 발을 더듬으며 다리를 건너고 무시무시한 어둠이 깔린 길을 바들바들 떨며 나아갔다. 앤은 이 길을 결코 잊지 못할 것 같았다. 그동안 마음껏 상상력을 펼쳤던 자신이 뼈저리게 후회됐다. 상상에서 튀어나온 요괴들이 앤을 감싼 어둠 속에 숨어 있다가 차갑고 앙상한 손을 뻗어 그들을 불러낸, 겁에 질린 작은 여자아이를 붙잡으려 했다. 앤은 골짜기에서 날아온 하얀 자작나무 껍질이 갈색 숲길에 놓인 것을 보고도 심장이 멎을 만큼 놀랐다. 오래된 나뭇가지 두 개가 서로 부딪히며 흐느껴 울듯 긴 소리를 내자 이마에 식은땀이

송골송골 맺혔다. 어둠 속에서 머리 위로 곤두박질치는 박쥐들도 괴생명체로만 보였다.

윌리엄 벨 씨네 들에 다다르자 앤은 하얀 유령들이 떼를 지어 쫓아오기라도 하듯 내달렸고, 배리 씨네 부엌문 앞에 도착했을 때는 너무 숨이 차서 앞치마 견본을 빌리러 왔다는 말도 제대로 나오지 않았다. 다이애나가 집에 없었기 때문에 배리 씨네 집 앞에서 더 꾸물거릴 핑계도 없었다. 공포 가득한 길을 되돌아갈 일만 남았다.

앤은 하얀 유령들을 목격하느니 나무에 머리를 부딪치는 게 낫다는 심정으로 눈을 질끈 감고 왔던 길을 되돌아갔다. 마침내 휘청거리는 걸음으로 통나무 다리를 건너고 나서야 마음이 놓여 떨리는 숨을 길게 들이쉬었다.

"그래, 뭐 쫓아오는 거 없더냐?"

"아, 아주머니. 앞으론 평, 평범한 데 마, 마, 만족할래요."

앤이 이를 딱딱 부딪치며 말했다.

21

맛의 신기원

"아, 린드 아주머니가 이 세상은 만남과 이별뿐이라고 하셨는데 그 말이 맞아요."

6월 마지막 날, 앤은 석판과 책을 부엌 탁자에 내려놓으며 구슬피 읊조렸다. 그리고 흠뻑 젖은 손수건으로 새빨개진 눈을 닦았다.

"오늘 학교 갈 때 손수건을 한 장 더 챙겨서 다행이죠, 아주머니? 그래야 한다는 예감이 들었거든요."

"네가 그렇게까지 필립스 선생님을 좋아하

는지 미처 몰랐구나. 선생님이 그만두신다고 눈물을 훔치느라 손수건이 두 장이나 필요하다니 말이다."

"선생님이 정말로 너무 좋아서 우는 건 아니에요. 다른 아이들도 다 우니까 그냥 우는 거죠. 루비 길리스가 제일 먼저 울었어요. 루비 길리스는 늘 필립스 선생님을 싫어한다고 떠들어 댔지만, 선생님이 마지막 인사말을 시작하자마자 울음을 터뜨렸어요. 그러자 여자애들이 전부 연달아 울기 시작했고요. 전 참고 버티려고 했어요, 아주머니. 필립스 선생님이 저를 길…… 남자애 옆자리에 앉혔을 때를 생각하면서요. 또 칠판에 제 이름을 쓸 때 'e'를 빠뜨리셨고요. 저처럼 기하학을 못하는 학생은 처음 봤다고도 하셨고, 제 맞춤법을 비웃기도 하셨죠. 늘 그렇게 못되게 굴고 빈정거리던 모습을 떠올리려고 했거든요. 하지만 어쩐 일인지 참아지지가 않았어요, 아주머니. 저도 그래서 울기 시작한 거예요. 제인 앤드루스는 필립스 선생님이 학교를 떠난다니 너무 좋다면서 한 달 동안 떠들었고 자기는 눈물 한 방울도 안 흘릴 거라고 장담했었다니까요. 그런데 다른 아이들보다 더 울어서 남동생한테 손수건까지 빌렸어요. 당연히 남자애들은 울지 않았거든요. 제인 앤드루스는 손수건을 한 개밖에 안 가져왔는데, 그것도 필요 없을 줄 안 거죠. 아, 아주머니, 가슴이 찢어질 듯 아팠어요. 필립스 선생님이 작별 인사를 정말 아름다운 말로 시작하셨거든요. '이제 헤어질 시간이 왔습니다'라고 말이에요. 너무 감동적이었어요. 선생님도 눈물을 흘리셨어요, 아주머니. 아아, 그동안 학교에서 떠들고, 석판에 선생님을 그리고, 프리시하고 선생님 사이를 놀렸던 게 전부 다 너무 죄송하고 후회스러웠어요. 제가 미니 앤드루스 같은 모범생이라면 얼마나 좋을까 하고 바랐어요. 그 애는 양심에 거리낄 게 아무것도 없을 테니까요. 집에 오는 길에도 여자애들은 계속 울었어요. 마음이 가라앉을 만하면 캐리 슬론이 '이제 헤어질 시간이 왔습니다' 하고 선생님을 흉내 내는 통에 다시 울음이 터지고 그랬거든요. 정말 너무 슬퍼요, 아주머니. 하지만 이제 곧 두 달간의 방학이 시작될 텐데 깊은 절망에만 빠져 있으면 안 되겠죠? 그리고 이번에 새로 오신 목사님과 사모님을 역에서 만났어요. 필립스 선생님이 떠나시는 건 마음이 정말 아팠지만, 새로 오신 목사님이 궁금한 건 어쩔 수 없잖아요? 사모님은 정말 예쁘세요. 물론 여왕처럼 막 예쁜 건 아니고요. 목사님 부인이 그렇게 예쁘면 안 될 것 같아요. 그러면 좋은 본보기가 되지 못할 테니까요. 린드 아주머니가 그러시는데, 뉴브리지의 목사님 부인은 너무 멋을 부려서 아주 나쁜 본을 보이셨대요. 새로 오신 우리 목사님 부인은 귀여운 볼록 소매가 달린 파란 모슬린 드레스를 입고 테두리에 장미 장식이 달린 모자를 쓰셨더라고요. 제인 앤드루스는 목사님 부인이 입기엔 볼록 소매가 너무 세속적인 것 같다고 하지만, 전 그렇게 냉정하게는 말을 못하겠어요, 아주머니. 전 볼록 소매를 입고 싶은 마음이 어떤 건지 잘 알거든요. 게다가 그분은 목사님 부인이 된 지도 얼마 안 됐으니까 이해해 드려야죠. 목사님 내외분은 목사관이 정리될 때까지 린드 아주머니 댁에 묵으신대요."

그날 저녁 마릴라가 린드 부인의 집을 찾은 이유는 지난겨울에 빌렸던 누비이불 틀을 돌려준다는 것이었지만, 그것 말고도 이유는 또 있었다. 그것은 에이번리 사람들이라면 대부분 갖고 있는 정감 어린 약점이었다. 린드 부인은 사람들에게 여러 가지 물건을 빌려주었는데 개중에 다시는 돌려받지 못할 줄 알았던 것들도 있었다. 그날 밤 그런 물건들이 빌려 갔던 사람들의 손에 들려 부인의 집으로 돌아왔다. 흥미로운 사건이라고 할 만한 게 거의 없는 작고 조용한 시골 마을에 새로 부임한 목사, 그것도 부인과 함께 온 목사는 호기심의 대상이었으니까.

앤이 보기에 상상력이 부족해 보였던 벤틀리 목사는 에이번리에서 18년간 목사로 있었다. 벤틀리 목사는 아내를 잃고 홀몸으로 부임했다. 해마다 이 여자, 저 여자, 아니면 또 다른 여자랑 결혼할 거라는 소문이 끊이지 않았지만, 결혼하지 않고 계속 혼자 살았다. 지난 2월에 벤틀리 목사는 목사직에서 물러났고 애석해 하는 신도들을 뒤로하고 마을을 떠났다. 설교에 부족한 점이 많기는 했어도 오랜 시간 함께 지내면서 선량한 목사에게 정이 깊었다. 그 뒤로 에이번리 교회에는 일요일마다 여러 목사 후보들이 찾아와 설교 시범을 보이며 각양각색의 교리 해석과 능력을 선보였다. 목사를 결정하는 것은 교회 장로들이었다. 하지만 커스버트 씨네 오랜 가족석 한구석에 얌전히 앉아 있는 빨강 머리 꼬마 여자아이에게도 나름의 의견이 있어서 목사 후보들에 대해 매슈와 이런저런 생각들을 논했다. 마릴라는 어떤 식으로든 목사를 비평하는 것은 원칙적으로 반대했다.

앤이 최종 결론을 내렸다.

"스미스 목사님은 안 될 거예요, 아저씨. 린드 아주머니는 전달력이 너무 부족하다고 하시지만, 제가 볼 땐 벤틀리 목사님처럼 상상력이 전혀 없다는 게 가장 큰 단점이에요. 테리 목사님은 상상력이 너무 많고요. 그분은 제가 '유령의 숲'을 상상할 때처럼 도가 지나쳐요. 또 린드 아주머니는 그분의 종교관도 별로 건전하지 못하다고 하셨어요. 그레셤 목사님은 정말 좋은 분이고 신앙심도 아주 깊지만, 웃긴 얘기를 너무 많이 해서 교회에 온 사람들이 웃기만 해요. 그러면 위엄이 없어 보이잖아요. 목사님은 어느 정도 위엄이 있어야 하지 않나요, 아저씨? 마셜 목사님은 확실히 사람 마음을 끄는 뭔가가 있지만, 린드 아주머니가 자세히 알아봤는데 결혼도 안 했고 심지어 약혼도 안 하셨대요. 아주머니는 그분이 신도하고 결혼할지도 모른다고, 그러면 시끄러워질 수 있다고 하세요. 린드 아주머니는 정말 멀리까지 내다보시는 거 같아요. 그렇죠, 아저씨? 전 교회에서 앨런 목사님을 초청해서 정말 기뻐요. 앨런 목사님은 설교도 재밌게 하시고, 기도할 때도 습관처럼 하는 게 아니라 진심으로 하시는 거 같아요. 린드 아주머니는 그분이 완벽하진 않지만 일 년에 750달러 가지고 완벽한 목사님을 바라면 안 된다고 하시더라고요. 그리고 어쨌든 그분은 종교관이 건전하대요. 아주머니가 앨런 목사님께 교리에 대해 요목조목 물어보셨대요. 그리고 목사님 부인 쪽 집안사람들도 아시는데, 더없이 좋은 분들이고 여자들도 전부 훌륭한 가정주부래요. 린드 아주머니는 건전한 교리를 가진 남편과 훌륭한 가정주부인 아내라면 목사님의 가정으로서 이상적인 조합이라고 하셨어요."

새로 부임한 목사와 그의 부인은 인상 좋은 젊은 부부였고, 아직 신혼이었으며, 자신들이 선택한 평생의 업에 대해 선하고 참다운 열정으로 가득했다. 에이번리 사람들은 처음부터 두 사람에게 마음을 열었다. 노인이나 젊은이 할 것 없이, 솔직하고 쾌활하며 이상이 높은 젊은 남자와 목사관의 안주인이 될 밝고 온유한 젊은 여자를 좋아했다. 앤은 앨런 부인을 금세 진심으로 좋아하게 되었다. 마음이 통하는 사람을 또 한 명 발견한 것이었다.

어느 일요일 오후 앤이 진지하게 말했다.

"앨런 사모님은 정말 멋진 분이세요. 주일학교 우리 반을 맡으셨는데 아주 훌륭한 선생님인 것 같아요. 수업에 들어오자마자 선생님만 질문하는 건 공평하지 않다고 말씀하셨다니까요. 아주머니, 저도 늘 그렇게 생각했잖아요. 우리한테도 묻고 싶은 게 있으면 아무거나 물어보라고 하셔서 제가 질문을 아주 많이 했어요. 전 질문하는 데 소질이 있는 거 같아요, 아주머니."

"그랬을 테지."

"저랑 루비 길리스 말고는 아무도 질문을 안 하더라고요. 루비 길리스는 이번 여름에도 주일학교 소풍을 가는지 물었어요. 그건 수업이랑 아무 관계도 없는 내용이라 적당한 질문은 아니었다고 생각해요. 오늘 수업은 사자 굴 속의 다니엘이었거든요. 그래도 앨런 사모님은 소풍을 갈 거 같다고 웃으면서 대답해 주셨어요. 앨런 사모님은 웃는 모습이 참 예뻐요. 웃으실 때 뺨에 생기는 보조개도 참 아름답고요. 저도 뺨에 보조개가 있으면 좋겠어요, 아주머니. 지금은 여기 처음 왔을 때보다 살이 쪘지만 보조개는 아직 없잖아요. 저도 보조개가 있으면 사람들에게 좋은 영향을 줄 수 있을 텐데요. 앨런 사모님은 우리가 다른 사람들에게 좋은 영향을 줄 수 있도록 항상 노력해야 한다고 하셨어요. 다른 좋은 얘기도 많이 해 주셨어요. 전 종교가 이렇게 즐거운 건지 예전엔 미처 몰랐어요. 종교란 좀 우울한 거라고만 늘 생각했거든요. 하지만 앨런 사모님께 배우는 종교는 그렇지가 않아요. 사모님 같은 사람이 될 수 있다면 저도 기독교인이 되고 싶어요. 벨 장로님 같은 기독교인은 말고요."

"벨 장로님을 그런 식으로 말하는 건 아주 버릇없는 태도야. 벨 장로님은 정말 좋은 분이야."

마릴라가 엄하게 말했다.

"아, 물론 좋은 분이시죠. 하지만 좋은 사람이라는 걸 전혀 즐거워하지 않으시는 것 같아요. 제가 좋은 사람이 될 수 있다면 전 기뻐서 하루 종일 춤추고 노래하겠어요. 앨런 사모님은 나이가 있으니까 춤추고 노래하진 못하시겠죠. 물론 목사님 부인이라 체통도 있을 거고요. 하지만 사모님이 기독교인이라는 사실을 기쁘게 여긴다는 걸 전 알 수 있어요. 기독교를 믿지 않고 천국에 갈 수 있다 해도 기독교인으로 남으실 분이라는 걸 말이에요."

"조만간 앨런 목사님 내외를 초대해 차를 대접해야 할 것 같다. 우리 집 말고는 거의 다 방문을 하셨더구나. 어디 보자. 다음 주 수요일에 초대하면 되겠다. 매슈 오라버니에게는 한 마디도 하지 말거라. 오라버니가 알았다가는 목사님 내외분이 오시는 날짜에 어떻게든 핑계를 만들어서 나가 버릴 거야. 벤틀리 목사님하고는 익숙해져서 괜찮았는데, 새 목사님과 안면을 트는 걸 어려워할 게 뻔하고 목사님 부인까지 온다고 하면 기겁할걸."

마릴라가 생각에 잠겼다.

"입도 벙긋하지 않을게요. 근데 음, 아주머

니, 그날 케이크는 제가 만들어도 될까요? 앨런 사모님을 위해 정말로 뭔가 하고 싶어요. 저도 이젠 케이크를 꽤 잘 만들잖아요."

앤이 자신 있게 말했다.

"레이어 케이크를 만들렴."

마릴라가 약속했다.

월요일과 화요일, 초록 지붕 집은 목사님 내외를 맞을 준비로 분주했다. 목사님과 부인에게 차를 대접하는 것은 무척 중요한 일이었고, 마릴라는 에이번리의 어느 주부에게도 밀리지 않게 준비하겠다고 마음먹었다. 앤도 기쁨과 흥분에 들떴다. 화요일 밤, 황혼이 내린 뒤에 앤은 다이애나와 함께 '드라이어드 샘' 근처의 커다란 붉은 바위에 앉아 전나무 진액에 담갔던 작은 나뭇가지로 물 위에 무지개를 그리며 이야기를 나누었다.

"준비는 다 됐어, 다이애나. 아침에 케이크만 만들면 돼. 베이킹파우더 비스킷은 아주머니가 차를 대접하기 직전에 구우실 거고. 다이애나, 아주머니와 난 이틀을 바쁘게 준비했어. 목사님 가족을 초대한다는 건 정말 보통 일이 아니야. 이런 일은 한 번도 해 본 적이 없어. 네가 우리 벽장을 한번 봐야 하는데. 보기만 해도 한숨이 나올걸. 닭고기 젤리랑 차가운 혀 요리를 낼 거야. 젤리는 노랑이랑 빨강, 두 종류를 준비하고, 생크림이랑 레몬 파이랑, 체리 파이도 있어. 쿠키 세 종류랑 과일 케이크도 만들었고, 아주머니가 목사님 내외분을 위해 특별히 그 유명한 노란 자두잼도 덜어 놨어. 파운드케이크하고 레이어 케이크하고 비스킷은 좀 전에 말한 것처럼 준비할 거고. 새로운 빵도 구웠는데, 목사님이 그걸 드시고 소화가 안 될 경우를 대비해서 원래 먹던 빵도 따로 준비했어. 린드 아주머니가 그러시는데 목사님들은 대부분 소화불량이 있대. 하지만 앨런 목사님은 목사가 된 지 얼마 안 됐으니까 그

정도는 아닐 거야. 레이어 케이크를 만들 생각만 하면 머리가 아찔해져. 아, 다이애나, 제대로 못하면 어떡하지! 어젯밤엔 커다란 레이어 케이크를 머리에 인 무시무시한 도깨비한테 쫓기는 꿈을 꿨어."

"잘될 거야, 괜찮아. 2주일 전 점심 때 네가 만들어 와서 '한적한 숲'에서 먹었던 케이크도 정말 완벽했잖아."

다이애나가 늘 마음을 편하게 해 주는 친구답게 앤을 안심시켰다.

앤이 한숨을 쉬며 전나무 향이 유독 짙게 밴 나뭇가지 하나를 물에 띄웠다.

"그렇긴 한데, 케이크란 게 잘 만들고 싶을수록 더 엉망이 되더라. 아무튼 모든 걸 하늘의 뜻에 맡기고 밀가루나 잊지 않고 넣어야지, 뭐. 아, 저기 봐, 다이애나, 정말 아름다운 무지개야! 우리가 가고 나면 나무 요정 드라이어드가 나와서 저 무지개를 스카프로 쓰려고 가져

가겠지?"

"드라이어드 같은 건 없잖아."

다이애나의 엄마도 '유령의 숲' 이야기를 듣고 몹시 화를 냈다. 결국 다이애나는 앤을 따라 펼쳤던 상상의 나래를 접었고, 해로울 것 없는 드라이어드 요정 같은 상상이라도 분별 있는 사람이라면 믿어선 안 된다고 생각했다.

"하지만 요정이 있다고 상상하는 건 너무 쉽잖아. 매일 밤 잠자리에 들기 전에 난 창밖을 내다보면서 정말로 드라이어드가 여기 앉아서 샘을 거울 삼아 머리를 빗고 있지 않을까 생각하거든. 가끔 아침이면 이슬을 들여다보며 요정의 발자국도 찾아. 아, 다이애나, 드라이어드가 있다는 믿음을 버리지 마!"

수요일 아침이 밝았다. 앤은 너무 흥분해서 해가 막 뜰 무렵 잠에서 깼다. 전날 저녁 샘에 손을 담가 첨벙거린 탓에 심한 코감기에 걸려 있었다. 그러나 폐렴에 걸렸대도 그날 아침

요리를 향한 앤의 열정은 식지 않았을 것이다. 아침 식사를 마친 뒤 앤은 케이크를 만들기 시작했다. 그러고는 마침내 오븐 뚜껑을 닫으며 긴 숨을 내쉬었다.

"이번에는 하나도 빼먹지 않았어요, 아주머니. 그런데 잘 부풀까요? 베이킹파우더가 안 좋은 거면 어쩌죠? 새 통에 있던 걸 썼거든요. 린드 아주머니가 요즘은 전부 불순물이 섞여 들어가서 베이킹파우더도 좋은 건지 아닌지 알 수가 없대요. 정부가 이 문제를 고민해야 하는데 토리* 정부에서는 절대 안 할 거래요. 아주머니, 케이크가 부풀어 오르지 않으면 어쩌죠?"

"그거 말고도 먹을 게 많잖니."

마릴라가 별일 아니라는 듯 냉정하게 말했다.

하지만 케이크는 부풀어 올랐고, 오븐에서

* 보수적 성향의 정당

꺼냈을 때는 황금색 거품처럼 가볍고 부드러웠다. 앤은 기뻐서 빨갛게 달아오른 얼굴을 하고 케이크 위에 루비처럼 빨간 젤리 층을 쌓으며, 케이크를 맛본 앨런 사모님이 한 조각 더 달라고 부탁하는 모습을 머릿속에 그렸다.

"찻잔은 당연히 제일 좋은 걸 꺼내실 거죠, 아주머니? 고사리랑 들장미로 식탁을 장식해도 돼요?"

"쓸데없는 짓이야. 중요한 건 음식이지 겉치레 같은 장식은 중요치 않다고 난 생각한다."

마릴라가 콧방귀를 뀌었다.

"배리 아주머니도 식탁에 장식을 하신걸요. 목사님도 우아하게 칭찬하셨대요. 맛의 향연일 뿐 아니라 눈의 향연이기도 하다고요."

앤은 뱀의 지혜를 빌리는 게 약간은 마음에 찔렸다.

마릴라는 배리 부인뿐만이 아니라 어느 누구에게도 질 마음이 없었다.

"그럼, 좋을 대로 하렴. 접시 놓을 자리는 남겨 놔야 한다."

앤은 격식도 갖추고 유행도 따르면서 배리 부인보다 훨씬 더 근사하게 장식하려고 전력을 다했다. 장미와 고사리를 한아름 모아 온 앤은 뛰어난 예술 감각을 발휘하여 식탁을 아름답게 꾸몄고, 덕분에 목사님과 부인은 자리에 앉으며 입을 모아 그 아름다움을 칭찬했다.

"앤이 했답니다."

마릴라가 무뚝뚝하게 말했다. 하지만 앤은 앨런 부인 얼굴에 흡족한 미소가 떠오른 것을 보니 천국에라도 오른 듯 행복했다.

매슈도 그 자리에 있었다. 앤이 하늘밖에 모를 수를 써서 매슈를 참석시킨 것이다. 매슈가 너무 수줍어하고 겁먹은 통에 마릴라는 자포자기하는 심정으로 매슈를 포기했지만, 앤이 나서서 손을 쓴 덕에 매슈도 가장 좋은 옷에 하얀 깃을 달고 식탁에 앉아 제법 재미있어

하며 목사와 대화를 주고받았다. 앨런 부인에게는 한 마디도 건네지 않았지만 그것을 기대하는 건 애초에 무리였을 것이다.

교회에서 울리는 결혼식 종소리처럼 자리가 즐겁게 무르익고 있을 즈음 앤이 만든 레이어 케이크가 나왔다. 이미 어리둥절할 정도로 잘 차려진 갖가지 음식을 먹은 뒤라 앨런 부인은 케이크를 사양했다. 하지만 앤이 실망하는 얼굴을 보고는 마릴라가 미소를 지으며 말했다.

"한 조각만 맛보세요, 앨런 부인. 앤이 부인을 위해 만든 거랍니다."

"그럼 맛을 봐야겠네요."

앨런 부인이 웃으며 세모 모양으로 자른 두툼한 케이크 한 조각을 집어 들었고, 목사님과 마릴라도 케이크를 접시에 담았다. 케이크를 한 입 가득 베어 먹은 앨런 부인의 얼굴에 더없이 기묘한 표정이 스쳤다. 부인은 아무 말 없이 조금씩 계속 삼켰다. 마릴라가 앨런 부인의 표정을 보고 얼른 케이크를 맛보고는 소리쳤다.

"앤 셜리! 도대체 케이크에 뭘 넣은 게냐?"

"요리책에 나온 그대로 했어요, 아주머니. 왜 이상해요?"

앤이 몹시 괴로운 표정으로 울부짖었다.

"이상하냐고! 아주 고약한 맛이야. 앨런 목사님, 먹지 마세요. 앤, 네가 맛을 보거라. 향료는 뭘 썼니?"

"바닐라요. 바닐라밖에 안 넣었어요. 아, 아주머니, 베이킹파우더 때문인가 봐요. 의심이 가는 건 그거밖에……."

케이크를 맛본 앤의 얼굴이 수치심에 벌겋게 달아올랐다.

"베이킹파우더가 아냐! 가서 네가 넣었다는 바닐라병을 가져와봐라."

앤은 벽장으로 달려가 작은 병을 가지고 돌아왔다. 병에는 갈색 액체가 반쯤 채워져 있었고 노란 글씨로 '최고급 바닐라'라고 적혀 있었다.

마릴라가 병을 받고 마개를 열어 냄새를 맡았다.

"이런, 앤, 케이크에 진통제를 넣었구나. 지난주에 내가 약병을 깨뜨려서 빈 바닐라병에 남은 약을 부어 놨거든. 내 잘못도 있구나. 네게 주의를 줬어야 했는데. 그래도 그렇지, 냄새가 났을 텐데?"

앤은 거듭된 망신에 눈물을 터뜨렸다.

"맡을 수 없었어요. 감기에 걸렸거든요!"

앤은 이 말을 남기고 도망치듯 다락방으로 올라가서 누구의 위로도 소용없다는 듯 침대 위에 쓰러져 울었다.

이내 계단에서 가벼운 발걸음 소리가 들리더니 누군가 방으로 들어왔다. 앤은 고개도 들지 않고 흐느껴 울었다.

"아, 아주머니. 이건 영원한 불명예가 될 거

예요. 결코 이 불명예를 씻지 못할 거라고요. 소문이 다 퍼지겠죠. 에이번리에서는 모든 게 다 소문나잖아요. 다이애나가 케이크가 어땠는지 물을 거고, 그럼 전 사실대로 털어놔야겠죠. 여자애들은 저만 보면 진통제로 케이크를 만들었다고 손가락질을 해댈 거예요. 길…… 학교의 남자애들도 웃음을 터뜨리겠죠. 아, 아주머니, 기독교인으로서 조금이라도 절 가엾게 여기는 마음이 있으시다면, 제게 내려가서 그릇을 닦으라고 하진 말아 주세요. 목사님과 사모님이 가시면 할게요. 아, 다시는 앨런 사모님 얼굴을 보지 못하겠어요. 사모님은 제가 사모님에게 독을 먹이려 했다고 생각하실지도 몰라요. 린드 아주머니가 후원자를 독살하려고 했던 고아 여자애를 아신대요. 하지만 그 약은 독이 없단 말이에요. 원래 먹는 약이잖아요. 케이크에 넣어서 먹는 건 아니지만요. 앨런 사모님께 그렇게 말씀해 주시겠어요, 아주머니?"

"씩씩하게 일어나서 네가 직접 말하지 그러니?"

유쾌한 목소리가 들렸다.

앤이 벌떡 일어나자 침대 옆에 서서 웃는 눈으로 자신을 살펴보는 앨런 부인이 보였다.

"귀여운 꼬마 아가씨, 이런 일로 울면 안 돼. 누구나 저지를 수 있는 재미있는 실수일 뿐이니까."

앨런 부인은 슬픔에 빠진 앤의 얼굴을 보고 진심으로 걱정하며 말했다.

"아, 아니에요. 그런 실수를 하는 사람은 저밖에 없어요. 전 케이크를 정말 맛있게 만들어 드리고 싶었어요, 앨런 사모님."

앤이 축 처진 목소리로 말했다.

"나도 안단다, 애야. 그리고 정말 맛있는 케이크를 먹었을 때랑 똑같이 너의 상냥하고 사려 깊은 마음에 고맙다는 말을 하고 싶어. 자, 그만 울고, 같이 내려가서 네 꽃밭을 보여 줄래? 커스버트 부인이 앤의 작은 꽃밭이 있다고 하시던데. 나도 꽃을 무척 좋아하거든."

앤은 앨런 부인을 따라 아래층으로 내려갔다. 앨런 부인이 마음이 잘 통하는 사람이라 다행이라고 생각했고, 마음도 편해졌다. 진통제 케이크 이야기는 더는 나오지 않았고, 손님들이 돌아간 뒤 앤은 그렇게 끔찍한 사건이 있었던 것에 비해 그날 저녁이 기대 이상으로 즐거웠다고 생각했다. 그런데도 앤은 한숨을 푹 내쉬었다.

"아주머니, 내일을 생각하면 기분 좋지 않나요? 내일은 아직 아무 실수도 저지르지 않은 새로운 날이잖아요."

"내 보증하마. 넌 내일도 실수를 수두룩이 저지를 거다. 너처럼 실수를 쫓아다니며 저지르는 아이는 처음 본다, 앤."

앤이 풀이 죽어 말했다.

"맞아요. 저도 잘 알아요. 그래도 아주머니,

제게도 장점이 하나 있는데, 알고 계세요? 전 같은 실수는 두 번 저지르지 않아요."

"끊임없이 새로운 실수를 저지르니 좋은 점이 있어도 그게 그거구나."

"아, 모르세요, 아주머니? 한 사람이 저지를 수 있는 실수에는 분명 한계가 있어요. 제가

그 한계에 다다르면 제 실수도 끝나는 거죠. 그렇게 생각하면 마음에 정말 위로가 돼요."

"글쎄, 저 케이크나 가져가서 돼지한테 주렴. 사람이 먹을 건 못 되더구나. 제리 부트라 해도 말이다."

22

앤이 목사관에 초대받다

"이번에는 또 무슨 일로 눈이 튀어나오려고 하니? 또 마음이 통하는 사람이라도 찾은 거니?"

마릴라가 우체국에 달려갔다가 이제 막 돌아온 앤에게 물었다. 앤은 온통 흥분에 휩싸여 있었다. 앤을 둘러싼 흥분은 눈에서도 반짝였고, 온몸에서는 불처럼 뿜어져 나왔다. 앤은 8월 저녁의 그윽한 햇살과 느긋한 그늘이 드리운 오솔길을, 바람을 타고 나는 요정처럼 춤추며 뛰어왔다.

"아뇨, 아주머니, 그게 아니라, 무슨 일인지 아세요? 저 내일 오후에 목사관으로 차 마시러 오라는 초대를 받았어요! 앨런 사모님이 우체국에 편지를 남기셨어요. 이것 좀 보세요, 아주머니. '초록 지붕 집의 앤 셜리 양에게.' 누가 저한테 '양'이라고 한 건 처음이에요. 가슴이 너무 두근거려요! 이 편지를 제 보물 상자 안에 영원히 간직할래요."

"앨런 부인이 주말학교 학생들 모두를 차례대로 초대할 거라고 했단다. 그러니 그렇게 들뜰 거 없다. 상황을 좀 차분하게 받아들이는 법을 배우거라."

마릴라는 이 놀라운 사건이 별일 아니라는 듯이 말했다.

상황을 차분하게 받아들이라는 것은 앤에게 천성을 바꾸라는 말과 같았다. 하지만 앤이 그렇듯이 '순수한 영혼에 불처럼 뜨겁고 이슬처럼 맑은' 사람에게는 언제나 삶의 즐거움과 괴로움이 강렬하게 찾아왔다. 마릴라도 이것을 알기에 막연하지만 걱정이 되었다. 세상을 살면서 반복될 기쁜 일과 슬픈 일들이 이 충동적인 아이에게 얼마나 힘겨울까, 똑같은 크기로 기쁨이 다가온다 해도 과연 고통이 지나간 자리를 치유해 줄 수 있을까 하는 생각 때문에 말이다. 그래서 마릴라는 앤을 차분하고 평온한 성품의 아이로 키우는 게 자신의 임무라고 생각했지만, 그것은 얕은 개울 위에서 일렁이는 햇빛을 마주하는 것만큼이나 낯설고 불가능한 일이었다. 서글프지만 마릴라 스스로도 인정했듯이 앤은 크게 나아지지 않았다. 앤은 간절한 희망이나 계획이 무산되면 '고통의 나락'으로 거꾸러졌고, 반대로 기대가 이루어지면 아찔한 '환희의 왕국'으로 날아올랐다. 마릴라는 어디로 튈지 모르는 이 아이를 얌전하고 반듯한 모범생으로 만들겠다던 생각을 거의 포기했다. 게다가 마릴라 자신조차 그렇게 바뀐 앤을 지금보다 더 좋아할 것 같지 않았다.

그날 밤 앤은 울적한 마음으로 말없이 잠자리에 누웠다. 매슈가 북동쪽에서 바람이 불어 내일은 하루 종일 비가 올 것 같다고 했기 때문이다. 집 근처 포플러나무 잎사귀가 바스락거리는 소리가 꼭 빗방울이 후드득 떨어지는 소리처럼 들려 앤은 걱정이 앞섰다. 멀리 만에서 철썩거리는 파도 소리도 평소라면 낭랑하고 이질적인 리듬에 마음이 사로잡혀 기분 좋게 귀를 기울였겠지만, 맑은 날을 간절히 바라는 어린 아가씨에게는 폭풍과 엄청난 불행을 예고하는 전조처럼 들렸다. 앤은 아침이 영영 오지 않을 것만 같았다.

하지만 모든 것에는 끝이 있게 마련이다. 목사관에 초대받은 전날 밤도 마찬가지였다. 아침은 매슈의 예상과 달리 화창했고, 앤의 기분은 하늘 높이 치솟아 올랐다. 앤은 아침에 먹은 그릇들을 씻으며 말했다.

"와, 아주머니, 오늘은 누구를 만나든 전부 다 사랑할 수 있을 거 같아요. 제 기분이 얼마나 좋은지 모르실 거예요! 계속 이런 기분이라면 참 멋지지 않을까요? 매일매일 초대만 받는다면 모범생도 될 수 있을 거예요. 근데요, 아주머니, 오늘은 정말 중요한 자리기도 해요. 너무 걱정돼요. 실수하면 어쩌죠? 전 목사관에서 차를 마셔 본 적이 한 번도 없잖아요. 제가 지켜야 할 예절들을 다 알고 있는지 모르겠어요. 여기 온 뒤로《패밀리 헤럴드》에 실린 예절 관련 기사를 읽으며 공부하긴 했지만요. 바보 같은 행동을 하거나 해야 할 일을 깜박 잊을까 봐 너무 걱정이에요. 너무 먹고 싶을 때는 한 번 더 달라고 해도 예의에 어긋나지 않겠죠?"

"앤, 넌 네가 어떻게 할지만 너무 많이 생각하는 게 탈이야. 너 말고 앨런 부인을 생각해라. 어떻게 해야 앨런 부인이 가장 좋아할지,

가장 즐거워할지 말이다."

마릴라가 평생을 살면서 가장 유익하고 명쾌한 조언을 했다. 앤도 금세 말뜻을 이해했다.

"그 말씀이 맞아요, 아주머니. 이제 저에 대한 생각은 그만하도록 노력할게요."

앤은 '예절'에서 큰 실수 없이 목사관을 다녀온 게 분명해 보였다. 노랗고 붉은 구름이 흐르는 드넓은 하늘 아래 땅거미가 진 길을 축복받은 얼굴로 돌아온 것을 보면 말이다. 그리고 앤은 부엌문 앞의 크고 평평한 사암 위에 걸터앉아 피곤한 곱슬머리를 무명옷을 입은 마릴라의 무릎에 기댄 채 그날 일들을 즐겁게 들려주었다.

서쪽 전나무 언덕 언저리에서 불어온 서늘한 바람이 수확기를 맞은 넓은 들판을 지나고, 휘잉 소리를 내며 포플러나무를 스쳤다. 과수원 위에 유난히 반짝이는 별 하나가 하늘에 걸려 있었고, '연인의 오솔길'에는 반딧불이가 고사리들과 바스락거리는 나뭇가지들 사이를 오갔다. 앤은 마릴라와 이야기하며 그 모습을 바라보았다. 바람과 별과 반딧불이가 한데 어우러진 그 모습은 말로 표현할 수 없이 예쁘고 황홀했다.

"아, 아주머니, 얼마나 재밌었는지 몰라요. 제 삶이 헛되지 않았다는 생각이 들어요. 다시는 목사관에 초대받지 못한대도 항상 그런 기분일 거예요. 목사관에 가니 앨런 사모님이 문 앞에서 저를 맞아 주셨어요. 사모님은 반소매에 주름이 많이 달린 예쁜 연분홍 오건디* 드레스를 입었는데 꼭 천사 같았어요. 저도 이다음에 커서 목사 부인이 되면 정말 좋을 거 같아요, 아주머니. 목사는 세속적인 것들에 별로 관심이 없으니까 제 머리가 빨간색이라도 상관하지 않을 거예요. 목사 부인은 천성이 착해

* 얇은 모슬린 천

야 할 텐데, 전 그러질 못해서 생각해 봤자 아무 소용없겠지만요. 태생적으로 착한 사람도 있고, 그렇지 않은 사람도 있잖아요. 전 그렇지 않은 쪽이에요. 린드 아주머니는 제가 원죄로 가득하대요. 그러니 제가 아무리 착해지려고 노력해도 원래부터 착한 사람들을 따라갈 순 없을 거예요. 기하학처럼 말이에요. 하지만 열심히 노력하면 노력한 보람도 있어야 하지 않나요? 앨런 사모님은 원래부터 착한 사람이에요. 전 사모님이 정말 너무 좋아요. 그런 사람들 있잖아요. 매슈 아저씨나 앨런 사모님처럼 보자마자 별 어려움 없이 사랑하게 되는 사람들요. 린드 아주머니처럼 좋아하려면 열심히 노력해야 하는 사람들도 있고요. 린드 아주머니는 아는 것도 많고 교회 활동도 열심히 하시니까 당연히 사랑해야 한다고 생각하지만, 그런 생각을 항상 마음에 새기고 있지 않으면 까먹게 되잖아요. 목사관에는 저 말고도 화이트샌즈 주일학교에서 온 여자아이도 한 명 있었어요. 이름이 로레타 브래들리인데, 아주 좋은 아이였어요. 마음이 통한다고 할 수는 없지만 정말 착했어요. 우린 우아하게 차를 마셨는데, 지켜야 할 예절들을 전부 잘 지킨 거 같아요. 차를 마신 다음 앨런 사모님이 악기를 연주하며 노래를 불렀는데 로레타와 제게도 노래를 시키셨어요. 앨런 사모님은 제 목소리가 좋다며 이번에 주일학교 성가대에 꼭 들어가라고 하셨어요. 생각만 하는데도 얼마나 설레었다고요. 저도 다이애나처럼 주일학교 성가대에서 정말 노래하고 싶었지만, 그건 제가 절대 넘볼 수 없는 영예라고 생각했어요. 로레타는 오늘 밤 화이트샌즈 호텔에서 열리는 대규모 발표회에서 언니가 낭독을 하기로 해서 일찍 돌아가야 했어요. 로레타가 그러는데, 그 호텔에 묵는 미국인들이 샬럿타운 병원을 도우려고 격주로 발표회를 연대요. 그래서 화이트샌즈 사람들한테 발표회 참여 요청을 많이 한대요. 자기도 언젠가 발표회에 나가게 될 거라고 생각한대요. 전 그 애를 그저 감탄스러운 눈으로 바라보기만 했어요. 로레타가 돌아간 뒤에 앨런 사모님하고 마음을 터놓고 대화를 나눴어요. 전 모든 이야기를 다했어요. 토머스 아주머니네 쌍둥이 얘기랑 케이티 모리스하고 비올레타 이야기, 또 초록 지붕 집에 오게 된 이야기, 기하학 때문에 고생하는 이야기까지 모두요. 그런데 믿어지세요, 아주머니? 앨런 사모님도 기하학이 엉망이었대요. 그 말이 얼마나 힘이 됐는지 몰라요. 제가 목사관에서 막 나오려고 하는데 린드 아주머니가 오셨어요. 오셔서 무슨 말씀을 하셨는지 아세요, 아주머니? 학교 이사회에서 새로운 선생님을 채용했는데, 여자 선생님이래요. 이름은 뮤리엘 스테이시고요. 정말 낭만적인 이름이죠? 린드 아주머니가 그러시는데 에이번리에 여자 선생님이 오신 적이 한 번도 없었대요. 그래서 위험하고 파격적인 일이라고 하셨어요. 하지만 여자 선생님이라니, 전 정말 멋진 거 같아요. 개학까지 남은 2주일을 어떻게 기다려야 할지 모르겠어요. 선생님이 보고 싶어 못 견디겠거든요."

(4권에 계속)

옮긴이 **박혜원**

심리학을 전공하고, 현재는 전문번역가로 활동 중이다. 옮긴 책으로 《빨강 머리 앤》, 《에이번리의 앤》, 《곰돌이 푸》 시리즈, 《소공녀 세라》, 《엄마 찾아 삼만 리》, 《시크릿 가든》, 《퀸 : 불멸의 록밴드 퀸의 40주년 공식 컬렉션》, 《브라이언 메이 레드 스페셜》, 《부케북》 시리즈 등이 있다.

빨강 머리 앤 3

초판 1쇄 2026년 1월 15일

지은이 루시 모드 몽고메리
옮긴이 박혜원

펴낸곳 더모던
전 화 02-3141-4421
팩 스 0505-333-4428
등 록 2012년 3월 16일(제313-2012-81호)
주 소 서울시 마포구 성미산로32길 12, 2층 (우 03983)
E-mail sanhonjinju@naver.com
카 페 cafe.naver.com/mirbookcompany
S N S instagram.com/mirbooks